캐리어의 ✈ 절반은

BOARDING PASS

캐리어의 ✈ 절반은

• 곤도 후미에 | 윤선해 옮김

황소자리

차례

1화

토끼, 여행을 떠나다

지하철 문이 열렸다.

안에는 이미 사람들이 벽처럼 빼곡하고 입구도 막힌 상태다. 몸을 비틀어 그 문 안으로 겨우 꽂아 넣었다. 뒤를 이어 또 몇 명인가 올라탔다. 매일 아침 반복되는 고행. 이것만 없어도 지금의 오천 배쯤 기분 좋게 하루를 시작할 텐데.

이미 경험으로 알고 있었다. 지하철에서 가장 붐비는 곳은 문 옆이라는 걸. 억지로라도 안쪽으로 뚫고 들어가면 조금은 숨 쉴 공간이 나온다. 안 그래도 떠밀리는 상태지만, 어쩔 수 없이 더 떠밀리는 것처럼 안쪽으로 몸을 움직여간다. 눈앞을 가리던 사람 등짝이 한순간 사라지고, 호흡이 편해졌다. 야마구치 마미의 키는 152센티미터, 그러니 지옥철에서는 누군가의 등짝 말고는 보이는 게 없다. 대체로 사람들 속에 파묻혀 있는 신세랄까.

시야가 환해진 이유를 곧바로 알아챘다. 발밑에 캐리어가 놓여있었다. 캐리어 주인은 자리에 앉은 채 꾸벅꾸벅 졸며 머리로 노를 젓는 중이었다. 20대 후반 아니면 30대 정도 여성이었다.

한순간 마미는 화가 났다. 가뜩이나 만원인 지하철에 캐리어를 들고 타다니, 몰상식하군. 게다가 지하철 승객의 90퍼센트가 일터로 향하는 이 시간에 자리에 앉아 꾸벅꾸벅 졸며 놀러 가는 사람이라…. 도리가 아니다.

따지고 보면, 이 시간에 놀러 가는 사람이 타지 말란 법도 없다. 캐리어를 들고 탄다고 해서 뭐라 할 것도 아니다. 다만 신경질이 나는 것이다. 주변 승객들도 냉랭한 눈으로 졸고 있는 그녀를 째려보았다.

그나마 눈앞에 타인의 등짝이 없다는 게 위안이 되었다. 조금만 더 공간적 여유가 생기면 가방에서 핸드폰을 꺼내 문자도 보낼 수 있을 테지만, 아직은 힘들다.

지루함을 견디기 위해 눈앞에 앉은 여자를 관찰했다. 다소 긴 머리카락은 곱창 끈으로 묶여있고, 파운데이션과 립스틱만 바른 수수한 얼굴이다. 반면 머리는 예쁘게 염색되고, 전문가에게 네일을 받은 것으로 보아 평소에는 오늘처럼 수수한 차림이 아닐 것 같다. 여행을 위해, 여느 때보다 일찍 나섰기 때문일지도 모른다.

캐리어는 메탈릭 실버블루. 크기로 짐작건대, 해외여행이다. 행선지는 어디일까.

좋겠다….

마미는 해외여행을 가본 적이 없다. 여권조차 없다.

떠나고 싶다는 생각은 줄곧 했다. 그러나 영어도 못 하고, 외국에 대해서는 완전 깜깜이다. 판매직으로 일하다 보니 달력에 표기된 휴일에 맞춰 휴가를 다녀오기도, 친구와 일정을 맞추기도 어렵다. 이런 상황에서는 언제 첫 해외여행을 떠날 수 있을지 모른다.

신혼여행으로 뉴욕에 가고 싶었는데….

브로드웨이에서 뮤지컬을 보고 싶었다. 신혼여행 계획을 세우던 때 마미는 소망을 말했다. 남편인 다케후미도 동의했다. 그러나 둘이 동시에 휴가를 낼 수 있는 기간은 길어야 5일이었다. 5일간이라도 다녀올 수는 있었지만 다케후미가 반대했다.

"뉴욕에서 온전히 자유롭게 보낼 수 있는 시간은 이틀밖에 없잖아. 거기까지 샀는데 너무 아깝지 않아? 기왕이면, 좀 더 오래 쉴 수 있을 때 가는 게 좋겠어."

"긴 휴가가 언젠데?"

"연말이나 골든위크에, 잘 하면 9일은 쉴 수 있지 않을까?"

사실 그 말은 다케후미에게만 해당되는 이야기였다. 마미는 백화점에서 일하고 있다. 골든위크도 연말연시도 가장 바쁜 시기라 쉴 수가 없다.

그걸 잘 알면서도 수긍했던 건 5일로는 너무 빠듯하다고 마미도 생각했기 때문이다. 게다가 지금은 계속 서서 일하기 때문에 허리도 아프다. 마감 조일 때는 퇴근해서 집에 돌아오면 9시가 넘으니 가능하다면 얼른 이직하고 싶은 마음뿐이다.

결국 신혼여행은 다케토미시마로 갔다. 개방감이 있는 작은 펜션에 묵으면서 수영도 하고, 소달구지를 타기도 했다. 즐거운 시간이었고, 여유롭게 지내면서 피로도 풀었다. 해외여행이었다면 그렇게 보내지 못했을 것이다.

　　그러나 언제 다시 길게 여행을 떠날 수 있을지는 모른다. 이러다 아이라도 생기면, 그땐 뭐 몇 년은 꼼짝도 못 할 것이다.

　　생각해 보니 신혼여행 갔다 온 지도 벌써 3년이 지났다. 그사이 유급휴가도 꽤 많이 쌓였다. 슬슬 장기휴가를 신청해도 눈총받지 않을 것이다. 생각이 여기까지 미치자 한순간 눈앞이 밝아지며 기분이 좋아졌다.

　　여행을 떠나자. 지금 앞에 있는 이 여자처럼 캐리어를 끌고.

　　어느새 내려야 할 역에 도착했다. 여느 때라면 얼굴을 찡그린 채 참고 견디는 출근일 텐데, 이런저런 생각을 한 덕분에 시간이 후르르 지나갔다. 캐리어를 든 여자는 아직 더 가야 하는 듯했다. 마미는 한 번 더 그녀의 얼굴을 본 후 문 쪽으로 이동했다.

　　물론 가고 싶다고 해서 바로 떠날 수 있을 만큼 가뿐한 인생이 아니라는 걸 마미도 잘 안다. 그날 저녁 식사를 하면서 다케후미에게 말을 꺼냈다.

　　"있잖아. 전부터 말했었는데, 뉴욕에 가고 싶어. 9월 연휴 때 유급휴가 내서 함께 가자."

　　"뭐어?"

교자를 먹으면서, 다케후미는 대놓고 귀찮다는 표정을 지었다. 일부러 그가 좋아하는 교자를 백화점 식품코너에서 조달해왔는데, 황색 신호가 켜졌다.

"연휴라니…"

"여기 봐. 여기 토요일부터 화요일까지 휴일이잖아. 여기에 이틀 정도 유급휴가를 붙이면 갈 수 있지 않을까?"

그렇게 하면 6일간 휴가를 만들 수 있다. 6일이면 3일을 통으로 뉴욕에서 시간을 보내는 게 가능해진다. 다케후미는 미간에 주름을 세우며 탁상달력을 쳐다봤다.

"너무 짧아. 기왕이면 10일 정도 여유 있게 가야지 말야."

"열흘씩이나 휴가 못 낸다고!"

그는 마미 같은 해외여행 미경험자가 아니다. 대학 때 한 달 정도 친구들과 배낭여행으로 동남아시아를 돌고 왔다고도 했다.

"게다가 비행기 표도 10만 엔이 넘는다고. 고작 6일 정도 갔다 오는 건 너무 아깝잖아."

"그렇게라도 하지 않으면 언제 갈 수 있을지 모른단 말이야."

"음…, 조금 더 유급휴가를 모아서 가면 좋겠어."

마미는 의자를 끌어 남편 옆으로 붙어 앉았다.

"있잖아, 6일로 부족하면 또다시 가면 되잖아."

"싫어. 같은 장소에 여러 번 가는 건 재미 없다고. 기왕이면 한 번도 안 가본 곳을 여행하는 게 좋지."

그렇게 말하던 다케후미가 갑자기 무릎을 쳤다.

"그래! 좋은 생각이 났어!"

"뭔데?"

몸을 기울여 다가온 마미에게 다케후미가 말했다.

"정년퇴직하고 가면 되지 않을까? 그때까지 목표 액수를 정해서 저축한 뒤 세계 일주라든가, 크루즈라든가 가면…."

마미는 어처구니가 없어 입을 다물지 못한 채로 남자의 얼굴을 바라다보았다. 처음에는 장난이라고 생각했다. 하지만 다케후미는 그렇게 말해놓고 내심 뿌듯해하는 표정이었다.

"그치? 좋은 생각이지? 뉴욕에서 방을 빌려가지고 한 달 정도 체류하는 것도 가능하잖아."

"그거, 좋은 생각 맞아?"

"고작 30년이야. 30년 후면 금방이야, 금방."

그냥 펑펑 울고 싶어졌다. 그때까지 건강하게 살아는 있을까. 돈은 또 마음먹은 대로 모을 수 있을까. 어쩌면 누군가가 아파서 여행 같은 건 꿈조차 못 꿀지도 모른다. 아침부터 이런저런 생각으로 부푼 계획을 세웠건만…, 맑았던 하늘에 먹장구름이 드리워진 기분이었다. 마미는 교자 접시를 자기 앞으로 끌어당겨 묵묵히 먹기 시작했다.

어쩌면 서른 직전, 스물아홉 살이 될 때까지 해외여행 경험이 없다는 것 자체가 여행 체질이 아니라는 증명일지도 모른다.

영어는 매장에 외국 사람이 왔을 때 간단하게 응대할 수 있는 수준에 불과하다. 무엇보다 일본 내에서도 익숙지 않은 장소에 가는 걸 어려워한다. 지도를 손에 들고도, 항상 헤맨다.

뉴욕에 간다고 해도 즐겁기는커녕, 소매치기를 당하거나 길을 헤매거나 어떤 사건에 휘말려서 마음먹은 대로 즐기지 못한 채 돌아올지 모른다. 영어조차 서툰 주제에 본토 뮤지컬을 본다는 것 자체가 너무 뻔뻔한 생각일지 모른다. 무리해서 키높이 신발을 신기보다 자신에게 딱 맞는 신을 신고 편하게 즐기는 삶이 나은 것일 수도 있다.

그렇게 생각하면서 스스로를 달랬다. 항상 이런 식이다.

하지 않을 이유 같은 건 얼마든지 찾을 수 있다. 자동차 면허를 따야지 생각하지만, 도쿄에서 차는 필수품이 아니다. 유지비도 주차료도 비싸잖아, 하며 면허학원에 가지 않았다. 이른을 위한 발레 교실에 다녀보고 싶던 마음도, 일상의 바쁨과 발레복을 입어야 한다는 부끄러움 앞에서 결국 공중으로 날려 버렸다.

뉴욕 여행도 다르지 않다. 안 하는 것은 하는 것보다 훨씬, 훠얼~씬 간단하다. 충동은 유행성 감기 같은 것이어서 지나고 나면 어느새 아무래도 상관없어져 버린다.

오랜만에 토요일 휴가를 쓸 수 있게 되었다. 보통은 쉬는 날이 맞지 않으니까, 가끔 달력의 빨간 날에 쉬게 될 때는 다케후미와 외출을 했었다. 한데 일부러 대학 시절 친구에게 연락한 것은 그날의 대화 이후 아직 화가 안 풀렸기 때문인지도 모르겠다.

다치하라 유리카에게 전화해 토요일 일정을 물으니, 마침 그날 대학 때 친구들을 만난다고 했다. 나카노 하나에가 플리마켓에서 불필요한 것들을 판매하기로 했다는 것이다.

"쉬는 날이면 마미도 오면 좋겠네. 플리마켓 참가라고 하지만, 공원에 모여 점심때부터 맥주 마시는 것뿐이니까."

"또 누가 와?"

"사와 짱도 올 거야."

사와 유코도 잘 알고 있다. 오랜만에 만나는 거지만, 신경 써줘야 하는 부류가 아니라서 불쑥 가도 상관없을 듯했다. 그러고 보니 이 세 명은 해외여행을 좋아해서 혼자 여행도 자주 떠난다. 상담을 해보는 것도 좋을 듯했다. 어떤 대답이 돌아올지 바로 예측이 되기는 하지만.

혼자 가면 되잖아.

무리라고. 마음속으로 대답했다.

국내여행조차 혼자 떠나본 적이 없다. 혼자서 해외여행이라니, 허들이 너무 높다.

약속한 토요일은 구름 하나 없는 맑은 하늘이었다. 구름 낀 하늘보다 기분은 좋지만, 5월 말의 햇살은 생각보다 뜨겁다. 솔직히 이 나이가 되면 자외선으로 피부가 타는 것을 방치하면 안 된다. 자외선 차단 크림을 듬뿍 바르고, 모자와 긴 팔로 방어태세를 갖춘 후 외출하기로 했다. 한창 준비하고 있는데, 막 일어난 다케후미가 놀란 얼굴로 물었다.

"어? 오늘 일하러 나가는 거 아니었어?"

"오늘은 쉬는 날. 대학 때 친구들과 만나기로 했어. 밤에나 돌아올 거야."

"아아…"

뭔가 말하고 싶은 눈치였지만, 일부러 모른 척했다.

공원에 가보니, 가족들 혹은 젊은 여자들이 각자 할당된 자리에 헌 옷과 갖가지 물건을 진열하고 있었다. 천천히 걸으며 하나에의 자리를 찾았다.

"아, 마미. 여기여기."

그렇게 말하며 손을 흔든 사람은 유리카였다. 옆에 앉은 하나에도 웃으며 반겼다.

"오랜만이네!"

다가가서 비닐 시트 위에 앉았다. 2개월 만이지만 SNS에서 계속 소통해온 덕에 진짜 오랜만이라는 생각이 들지는 않았다.

"사와 짱은?"

"걔는 오후나 되어야 느긋하게 나오지 않을까? 매일 밤늦게까지 깨어있는 것 같아."

사와 유코는 프리랜서 취재기자로 일하고 있다. 일의 특성상 불규칙한 생활을 한다는 이야기는 자주 들었다.

그녀들과 만나는 것은 보통 평일 저녁이지만, 사와 짱은 항상 늦게 약속장소에 나타났다. 하나에가 비닐 시트 위에 펼쳐 놓은 것은 옷과 가방 등이다. 비싼 브랜드 제품은 아니지만 그리 많이 사용하지는 않은 듯, 모두 새것처럼 보였다.

데님으로 만들어진 작은 핸드백은 세련되어서 딱 마미의 취향이었다.

"아니, 이거 팔아버리는 거야? 귀여운데."

"쌓아 둔다고 한들 안 쓰면 의미 없잖아. 질리면 팔아버려야지. 자, 1,500엔이니까 필요하면…."

하나에는 그렇게 말하면서 손바닥을 내밀었다.

"친구 할인 없어?"

"이미 가격 할인 엄청 들어간 거임. 그 이상은 불가!"

딱 봐도 5,000엔은 훌쩍 넘어 보이는 물건인 데다 매우 깨끗하다. 1,500엔이면 정말 싼 셈이다.

"조금만 생각할 시간을 줘."

"다른 손님이 말하면 팔아버릴 거야."

맥주를 좋아하는 유리카는 이미 두 캔째를 열었다. 아무리 마셔도 취한 모습을 본 적이 없을 정도로 술이 세다.

마미는 유리카만큼 술이 세지는 않아서, 이 시간부터 마시기 시작하는 건 무리다. 더우니까 저녁 무렵부터 시작하면 딱 맛있게 마실 수 있지 않을까.

플리마켓에는 의외로 손님이 많았다. 보물찾기하는 느낌일까. 젊은 여자아이가 산처럼 쌓여있는 옷들 속에서 맘에 드는 것을 찾고 있었다.

하나에는 열심히 손님과 이야기를 하며 판매에 집중하는 상황이라 마미는 유리카에게 얼마 전의 일을 말했다.

"정년 퇴임? 정년 후에라고 했다고라?"

유리카는 몸을 반으로 접으면서 깔깔 웃었다.

"정말로? 농담이 아니라?"

"농담으로 한 말이 아니라니까. 어처구니가 없었다고."

다케후미에게 나쁜 마음이 없다는 것은 잘 안다. 그 남자는 원래 둔감한 타입이라서, 말하고 싶은 것이 있으면 반복해서 강조해줘야만 한다. 그러지 않으면 이쪽 마음이 전달되지 않는다. 그럼에도 뉴욕에 가는 게 마미의 꿈이라는 사실은, 사귀고 있을 때부터 여러 차례 강조해온 터였다.

"혼자 가면 되잖아."

"그렇게 밀힐 줄 일있이."

그렇게 대꾸하니 유리카는 긴 눈썹을 파닥거렸다.

"남편이 허락해 주지 않아?"

"몰라. 물어본 적도 없지만, 혼자 갈 자신이 없어서…."

다케후미는 간섭이 심한 사람이 아니다. 이렇게 토요일에 친구들과 놀러 간다고 해도 기분 나빠하지 않고, 늦게 귀가해도 불만을 말하지 않는다.

"갈 수 있고말고. 뉴욕이라면 투어 같은 걸로 가도 되잖아."

"투어에 혼자 참가한다고…. 되레 더 슬프잖아."

"항공권이랑 호텔만 세트로 파는 투어를 신청하면 관광은 혼자서도 할 수 있어."

"그 혼자서가 불안하단 말이야."

유리카는 배낭여행족이다. 혼자서 이집트라든가 라오스, 우즈베키스탄 같은 놀랄만한 곳에도 종종 여행을 떠난다. 그런 그녀로서는 위험하지도 않은 뉴욕을 두고 불안 타령만 반복해대는 마미가 의지박약으로 보이겠지.

유리카는 맥주를 꿀꺽꿀꺽 마셨다.

"흐음, 강요하지는 않겠지만."

'괜찮다니까.'라든가 '걱정이 너무 심하네.' 같은 말들이 돌아올 거라 예상했는데, 살짝 놀랐다. 얼마 전 함께 쇼핑할 때는 각자 흥미를 보이는 옷과 소품들을 서로 칭찬하고 호응하고 구매를 부추기면서 신이 났다. 그런 식으로, 여행을 가도록 부추길 거라고 예상했었다.

혹시, 여행에 익숙한 유리카가 봐도 난 혼자 여행하기에는 무리가 있는 인간이란 생각이 든 걸까?

왠지 한 방 먹은 기분이었다. 마미는 자리에서 일어났다.

"잠깐 플리마켓 좀 둘러보고 올게."

의류를 접고 있던 하나에가 이쪽을 봤다.

"돌아올 때, 매점에서 차가운 녹차 좀 사와!"

"오케이!"

공원에는 작은 아이들을 데리고 나온 가족들이 많았다. 공원이라면 아이들이 울거나 떠들더라도, 사람들에게 민폐가 되지 않는다. 아이들 옷은 금방 작아져 버린다. 이런 플리마켓에서 사고팔고 하면 경제적일지도 모른다.

　마미는 플리마켓에서 물건을 사 본 적이 없고, 온라인 경매 같은 것도 하지 않는다. 경제적으로 대단히 부유하진 않지만, 맞벌이에다 아이도 없으므로 약간은 여유가 있다. 태생적으로 물욕이 많지도 않다. 옷도 단순하고 깔끔한 것이면 족하다고 본다. 다만, 그런 자신이 무미건조하다는 생각은 종종 한다.

　참가자들이 줄지어 비닐 시트 위에 물건을 전시하고 있었다. 그들 중 한 여성에게 눈길이 갔다. 귀가 보일 정도로 짧은 커트 머리, 검정 반팔셔츠에 검은 카프리 팬츠, 옅은 색 선글라스를 쓰고 있었다.

　다들 갖가지 옷이나 신발 등을 죽 나열해 두고 있는데, 그 여성이 시트 위에 전시해 둔 건 중간 사이즈 캐리어 하나뿐이었다. 가죽으로 만들어져 디자인은 클래식하지만, 컬러가 눈이 번쩍 뜨이는 파랑이었다. 딱 오늘 하늘과 같은 색감의 선명한 파랑.

　빨려 들어가듯 다가가 그 앞에 섰다.

　그녀가 선글라스를 내리며 마미를 올려다보았다.

　"어서 오세요. 열어서 살펴보셔도 좋아요."

　자연스럽게 쪼그려 앉아서 캐리어를 열었다. 다이얼식 열쇠에다, 본체에 두 개의 벨트가 붙어 있었다. 그다지 많이 사용한 것 같지는 않았다.

　"사용을 거의 안 하셨나요?"

　"글쎄요. 저도 누군가한테 받은 거라서, 얼마나 오래된 건지는 확실히 모르겠어요."

아무튼 아름다운 캐리어다. 소중하게 사용한 걸까 아니면 거의 사용하지 않은 걸까. 핸들을 늘려서 끌어보았다. 바퀴도 부드럽게 움직였다.

조심스럽게 물었다.

"얼마예요?"

"얼마든 상관없어요. 당신이 내고 싶은 만큼, 그 가격에…"

갑자기 무서워졌다. 설마 주술에 걸린 캐리어라든가, 뭐 그런 건 아니겠지. 전에 사용했던 주인이 사고로 죽었다거나 이 캐리어를 끌고 여행을 떠나면 안 좋은 일이 일어난다거나….

여성은 '세일즈 토크'조차 없이 핸드폰을 만지작거리고 있었다. 여행은 포기했으니 캐리어는 필요 없다. 그런데 몸이 그 앞에서 움직이지 않았다.

"3,000엔에 어떠세요?"

그런 가격에는 어렵다고 대답할 거라 예상했는데, 여성은 매우 기쁜 얼굴로 고개를 끄덕였다.

"좋아요. 가져가세요."

파란색 캐리어를 끌고 돌아가다가 하나에로부터 시원한 차를 부탁받은 게 생각나 편의점에 들렀다. 도착하니 유코도 와 있었다. 이미 네 캔째 맥주를 마시고 있던 유리카가 눈을 동그랗게 떴다.

"그거, 뭐야?"

"사버렸어…."

왜 샀는지 자신도 알 수 없었다. 필요도 없는 물건인데….

"보여줘, 보여줘. 너무 멋진걸."

유코가 손을 내밀었다. 다이얼식 열쇠는 000에 맞추니 쉽게 열렸다.

"얼마야?"

"3,000엔."

"어? 정말? 너무 잘 산 거 아냐? 아직 깨끗하고, 사용한 흔적도 거의 없고…."

유리카가 뭔가 할 말이 있는 듯 미소 지으며 이쪽을 보았다.

"그렇다는 얘기는…, 가는 거야?"

"가다니?"

"뉴욕."

"…. 아직 결정 안 했어."

그러나 이 캐리어는 국내여행에 사용하기에는 약간 크다.

"그럼, 왜 산 거야?"

"예뻐서…."

스스로도 알 수 없는 이유로 샀다. 빨려 들어가듯 사버렸다.

유코는 캐리어가 맘에 들었는지 "너무 좋은데, 정말 좋은데"를 연발하며 들어 올려 여기저기 살펴보았다.

유리카가 말했다.

"가고 싶으면 가야지, 남편 말처럼 정년까지 기다릴 거야?"

저절로 대답이 튀어나왔다.

"그건 절대로 싫어."

다케후미에게 말을 하기 전까지 꼼꼼하게 조사를 했다. 여권도 신청했다.

마미가 고른 여행 상품은 항공권과 호텔 및 호텔까지의 이동 교통편으로 구성된 큰 여행사의 패키지였다. 혼자서 저렴한 호텔과 항공권을 사는 것보다는 살짝 비싸지만, 이 상품의 경우 현지에서도 일본어로 서비스를 받을 수 있다. 혹시라도 문제가 생겼을 때 편리하다는 의미다.

혼자서 간다면, 휴가 내는 것도 문제가 안 된다. 추석 연휴가 없는 만큼, 여름휴가로 사흘 휴가를 낼 수 있다. 여기에 주휴 이틀과 유급휴가 이틀까지 붙이면, 일주일이 주어진다. 대략 휴가를 잡을 수 있게 되었을 무렵, 다케후미에게 통보했다.

"나, 여름에 뉴욕에 갈 거니까 그렇게 알아."

태블릿 PC를 만지면서, 다케후미가 이쪽을 보았다.

"누구랑? 친구랑?"

"아니, 나 혼자."

다케후미는 작게 입을 열며 마미의 얼굴을 응시했다.

"거짓말이지? 못 갈 텐데."

"왜? 투어에 참가할 거라서 위험하지도 않아."

"영어 괜찮겠어?"

"조금은 할 수 있어."

"거기서 문제 생기면 어쩌려고. 혼자서 해결할 수 있겠냐고?"

대답하기 곤란했다. 어떤 트러블에 휩쓸려도 '괜찮아.'라고 단언할 수는 없었다.

"강도를 만나거나 성폭행을 당할지도 몰라. 혼자 다니는 건 절대로 안 돼."

이렇게 강하게 제지당할 줄은 몰랐다. 입술을 세게 깨물었다.

마미가 입을 꾹 다물어버리자 다케후미가 친절한 목소리로 다시 물었다.

"그럼 내년이나 내후년에 함께 가자. 나도 생각해 볼 테니까."

가슴이 저렸다. 어째서 내년이나 내후년이어야 할까. 왜 '올해 가자. 다음 휴가에 맞춰서 가자.'라고 말해주지 않는 것일까.

결혼 전부터, 신혼여행은 뉴욕으로 가고 싶다고 몇 번이나 말했다. 그때는 웃으면서 들어주고 끄덕거렸는데, 결국 마미의 소원은 이루어지지 않았다. 쉽게 예상할 수 있었다. 우선 당장 내년이나 내후년이라는 말로 주저앉힌 뒤 실제 내년이 되면 다시 미루겠지. 휴일이 짧아서, 충분히 즐기지 못하니까, 적당한 계절이 아니니까… 둘러댈 이유야 차고 넘쳤다.

"아니면, 친구랑 함께 가. 친구 있을 거 아냐."

"있지만…"

친구는 있다. 그러나 그 친구들은 각기 가고 싶은 장소가 다르고, 혼자 가는 걸 선호한다. 그런 친구들에게 귀중한 휴가에 돈까지 쓰게 하면서 마미의 취향에 맞춰달라고 말할 수는 없다. 부탁하면 같이 가 줄지도 모른다. 그러나 역시 그것은 싫다.

그래서 대답했다.

"미안. 나 혼자 갈게."

하고 싶은 것을 누군가의 결단에 의탁하고는 대롱대롱 애타게 매달리듯 하는 거, 이제 더는 싫다.

다케후미에게는 좋은 점도 많지만, 여행지에서 마미의 희망 사항을 들어주는 데 인색했다. 그로 인해 마음속 어딘가에 오래 묵은 불만이 쌓여있었다. 친구와 함께 간다고 해도, 아마 비슷한 상황이 연출될 것이다. 내가 가고 싶은 곳인데, 다케후미가 함께 가지 않는다고 슬퍼하며 사는 꼴이라니.

그래서 마미는 결정했다. 가고 싶은 곳에 혼자 가겠다고.

처음 떠나는 나 홀로 여행을 결정했다고 말하자 엄청난 조언들이 날아들었다.

유코는 '캐리어의 절반은 비워가서, 여행지에서 이것저것 선물들로 채워 돌아와.'라는 귀여운 문자를 보내왔다. 하나에는 "혼자 가면 피곤할 때 식사하러 나가지 못할 수도 있으니, 양갱이나 칼로리메이트 같은 걸 챙겨가면 좋아. 그리고 여행지의 식사량이 많아서 속이 불편해질 수도 있거든." 등등 코치를 해줬다. 여행에 익숙한 유리카는 "사바나나 아마존에 가는 게 아니니까 여권하고 신용카드, 바지 한 장 챙겨가면 충분해."라고 너무나 시크

한 조언을 했다.

"왜 바지 한 장이야?"

"바지는 한번 빨면 이튿날 오후는 돼야 마르잖아. 여벌 옷이 있어야 다음 날 아침에 입고 나가지."

"속옷은?"

"그런 것들은 저녁에 빨면 아침에는 다 말라."

씩씩하다.

마미의 여행은 고작 6일이다. 호텔에 머무는 날은 4일. 나흘치 속옷과 갈아입을 옷은 간단하게 챙길 수 있었다. 보고 싶었던 뮤지컬 티켓은 여행사에 부탁해서 예약해 뒀다. 일정 없는 날이 하루 있으니, 그날에는 현지 티켓 부스에 가서 직접 사 보자고 마음먹었다.

다케후미는 가지 말라고 완강하게 강요하지는 않았다. 그러나 틈만 나면 참견을 했다.

"마미는 소식좌고, 평소 외식도 거의 안 하잖아. 거기 가서 어떻게 할 건데."

"평소에는 필요가 없어서 외식을 안 했던 것뿐이야. 못 하는 게 아니라고."

"길치라서 금방 길을 잃고 헤매기 일쑤잖아. 혼자서 대체 어떻게 하려고?"

"좀 헤매기는 해도 목적지에는 무사히 도착하잖아."

"일본에서 길을 잃을 때와는 달라. 아무에게나 물어볼 수도 없다고."

　처음에는 그냥 흘려들었다. 전부 사실이니까. 마미는 소식이고, 외식을 그리 즐기지 않으며, 길치에다가, 모르는 사람에게 말걸기도 힘들어한다. 그래서 지금까지 여행을 다니지 않았다.

　다케후미와 말다툼하기 싫었다. 기분이 상한 그가 더 불쾌한 말을 내뱉는 불상사도 막고 싶었다. 그래서 마미는 조근조근 다케후미의 질문에 대답을 했다. 다만 신기하게도, 이쯤에서 그만두고 싶다는 생각은 들지 않았다. 여기서 포기하면 그의 말에 지는 것이 되어 버린다.

　하지만 그날 저녁 다케후미는 집요했다. 일년 전 유럽에서 일본 여성이 성폭행당하고 살해된 사건까지 꺼내기 시작했다.

　"그 여자도 계속 일본에만 있었으면 그런 험한 일을 당하지 않았을 텐데…."

　그러면 일본에서는 단 한 번도 유사한 사건이 일어나지 않았냐고 따지고 싶었지만, 목구멍까지 올라오는 말을 삼켰다. 매일 타고 가는, 콩나물시루 같은 지하철에는 치한 대책을 위해 여성 전용차량까지 있는데….

　"여자 혼자 해외에 간다는 건, 그런 일을 당할 위험을 자초하는 셈이라고."

　치킨 카레를 씹고 있던 마미의 몸이 굳어졌다. 입안의 치킨 맛도 느껴지지 않았다.

　"어떻게 자기가 그런 말을…."

다케후미는 놀란 얼굴로 마미를 보았다.

"지하철에서 여성이 치한을 만나면, 지하철을 탄 여성에게 책임이 있다는 말이야? 수상한 사람이 집에 침입했는데, 거기에 사는 사람이 잘못했다고 말하는 거냐고?"

그의 눈이 휘둥그레졌다.

"본인 과실이 거의 없는, 그런 경우를 말하는 게 아니잖아."

"과실? 혼자 해외여행 가는 게 과실인가? 당신도 옛날에 혼자 갔잖아. 그때 강도를 만나서 살해당했다면, 스스로 그럴 만했다고 말할 수 있겠어?"

"나는…, 마미가 걱정돼서…."

"걱정하는 건지 아닌지 모르겠지만, 내 귀에는 저주를 걸고 있는 것처럼 들린단 말야!"

토할 것 같았다. 아무것도 먹고 싶지 않았다. 일어나서 방으로 들어가 문을 닫아버렸다. 그리고, 문을 잠갔다.

중학생 때의 기억이 떠올랐다.

생리불순으로 방문했던 부인과 진료실에서 마미는 성추행을 당했다. 무슨 일이 일어났는지 그때는 알지 못했다.

그 40대 정도의 남자 의사는, 검사 시간이 길어질 거라며 접수간호사를 퇴근시켜 버렸다. 마미가 마지막 환자였다.

"이건 필요한 검사니까."

그렇게 말하면서 한 시간 정도 몸 여기저기를 만졌다.

"너의 몸이 딱딱하게 굳어 있어서 검사가 안 된단 말이야. 편안하게 릴렉스하라고."

어딘가 이상하다고 생각했지만, 목소리가 나오지 않았다. 진료대의 커튼이 닫힌 저쪽 편에서 들리는 의사의 이상한 숨소리와 함께 불쾌한 아픔만 느껴졌다. 끝나고 난 후, 의사는 다음 주에 다시 오라고 마미에게 말했다. 그러나 다시 그 부인과에 가지 않았다. 거기서 일어난 일을 아무에게도 말하지 않았지만….

무언가 이상했다. 어딘가 잘못된 느낌이었다. 그렇게 생각하면서도 의혹을 입 밖으로 꺼낼 수는 없었다. 거기서 일어난 것이 대체 무엇이었는지 이해한 것은 2~3년 후였다. 시간이 너무 지나서 고소를 할 수도 없었다.

어느샌가 그 부인과는 간판을 내리고 없었다.

벽에 머리를 박고 울었다.

그때의 마미는 잘못했던 것일까. 소리를 내지 않은 것, 관두라고 말하지 않은 것, 큰 병원이 아니라 작은 개인병원을 택해서 간 것…. 후회스러운 것이 너무 많았다.

해외에서 성폭행당하고 살해당하는 여자가 그날의 마미와 뭐가 다를까. 살해당하지 않은 것과 살해당한 것만 다를 뿐. 그때 큰 소리를 냈다면, 어쩌면 마미도 죽임을 당했을지 모른다.

그때의 일은 다케후미에게도, 친구들에게도 말한 적이 없다. 물론 부모님에게도. 그 누구에게도 말하지 못했다.

문밖에서 다케후미의 목소리가 들렸다.

"미안해. 내가 잘못했어. 괜한 소리를 했어."

대답조차 하기 싫었다. 그저 훌쩍거렸다.

조신하게 집에만 있고, 밤길도 걷지 않으며, 혼자서 해외여행 같은 거 하지 않으면, 그런 일을 당해도 순수한 피해자로서 인정받을 수 있을까.

그렇지 않을 것이다. 그때 만약 마미가 자신이 당한 일을 분명하게 이해해서 입 밖으로 꺼내 신고를 했더라도 세상 사람들은 호기심 어린 눈길로 마미를 바라보며 수군댔을 것이다. 더러 동정하는 사람도 있겠지만, 대다수의 눈초리는 그들과 정반대로 움직였을 것이다.

"미안헤. 정말로 미안헤. 걱정돼서 그랬어, 정말로."

다케후미의 마음을 의심하지 않는다. 그러나 감정은 복잡했다. 설령 걱정이라고 해도, 조금 전 그가 그랬듯 악한 말로 덧칠하는 일은 얼마든지 가능하다. 헛웃음이 나왔다.

다케후미는 자신이 너무 짓궂었다고 사과했다.

시간이 흐르고, 그가 문밖에서 멀어지는 소리가 들렸다. 마미는 문가에 세워두었던 파란색 캐리어를 끌어당겼다.

출발은 일주일이 남았고, 아직 짐은 아무것도 챙기지 않았다. 무의식적으로 캐리어를 열어서 안쪽을 살펴보았다.

흰색 공단으로 안감 처리가 되어 있었다. 이리저리 살펴보는데 뚜껑 안쪽에 달린 작은 포켓이 눈에 들어왔다. 비밀스럽게 장

착된 듯한 주머니. 무심코 손가락을 주머니 안으로 밀어 넣었다. 한 장의 종이가 손가락에 닿았다.

뭐지? 종이를 꺼냈다. 두 번 접힌 메모지를 펼쳤다.

'당신의 여행에 많은 행운이 깃들이기를….'

갈겨 쓴 듯한 한 줄이었다.

대체 이 메모는 누가 쓴 걸까. 캐리어를 팔던 선글라스 쓴 그 여성일까, 아니면 그녀에게 캐리어를 선물한 사람일까.

마미는 한참이나 그 문구를 곱씹었다.

여행을 떠나면, 마미에게도 행운은 찾아올 것인가.

출발 전날, 유리카에게서 도착한 문자는 다음과 같았다.

'뭐, 살아 돌아오면 성공한 거라고 해두자고.'

역시나 시크하다. 그 메시지는 마미에게 든든한 힘이 되어주었다. 길을 잃어도 소매치기를 당해도 여권이나 지갑을 분실해도, 다치지 않고 집에 돌아오면 그것으로 성공. 보고 싶던 뮤지컬을 전부 볼 수 있고, 문제에 휘말리지 않으면 대성공. 스스로 티켓을 살 수 있다면 그 자체로 기적이다.

다케후미는 일주일 전의 일이 못내 미안했는지 공항까지 배웅해주겠다고 했다. 필요하지 않았지만, 거절할 이유도 없었다.

"선물은 뭐가 좋아?"

"아무거나. 마미가 즐겁게 놀다가 무사히 돌아오면 돼."

파란색 캐리어는 슉슉, 가볍게 잘 움직였다.

처음 가본 국제공항은 근미래 건물처럼 멋지게 정돈되어 있었다. 헤매면서, 투어 카운터에서 티켓을 받고 체크인을 마쳤다. 더 있겠다는 다케후미를 괜찮다며, 쫓아내듯 보냈다.

외식을 좋아하지 않는 게 외식을 못 한다는 의미는 아니다. 길을 헤매더라도 목적지에는 반드시 도착한다. 사람들과 잘 어울리지 못하지만 이래 봬도 백화점 판매원이다. 작정하면 모르는 사람에게 말 걸기는 일도 아니다.

"그럼, 조심해서 잘 다녀와. 위험한 곳에는 절대로 가지 말고."

"안 간다고! 나 겁쟁이잖아."

초식동물처럼 벌벌 떨고 있지만, 겁쟁이 토끼도 가끔은 여행을 떠난다.

"매일 연락할게."

그렇게 말하고 마미는 수화물 검사대를 향해 걸어갔다. 쭈뼛거리며 수화물 검사와 출국 수속을 마치고 나니 면세점 구역이 나왔다. 쇼핑할 생각은 들지 않았다. 다만 살짝 긴장한 상태였다.

아직 시간이 있으니까, 천천히 커피라도 마시고 싶었다. 한참을 두리번거리다 카페테리아를 찾았다. 커피를 사서 비어있는 자리에 앉았다. 창밖으로 비행기가 여러 대 줄지어 있는 풍경이 들어왔다. 영화 같은 광경이라고 생각했다.

옆 테이블에서는 40대가량의 여성 둘이 즐겁게 이야기를 나누고 있었다. 친구나 자매인 듯했다. 출국 수속을 마친 후이니까, 둘이 여행을 떠나는 것인지 모른다. 동반자가 있는 그녀들이 살짝 부러워졌다. 이 고양감을 공유할 수 있으니 말이다.

둘 중 한 여자가 말했다.

"사람들은 종종 커피가 마시고 싶은데도 홍차를 주문하잖아."

"그런 사람이 있어?"

"있고말고. 커피에는 카페인이 많으니까 혹은 홍차 쪽이 품위 있어 보이니까…"

"아. 그렇지, 그럴 수도 있겠네."

"나는 말이야, 이제 그런 거 안 하려고. 나 자신의 소망은 나 스스로 이뤄주기로 마음먹었거든."

"오오, 그래?"

"응. 꽃을 갖고 싶으면 꽃을 살 거고, 커피가 생각날 때는 커피를 마실 거야. 대단한 꿈은 성취하기 힘드니까, 작은 소망들을 나 스스로 하나씩 하나씩 이루어주기로…"

"그렇다고 해도, 술은 너무 마시지 마라. 수발들어야 하는 사람 피곤하니까."

두 사람의 대화에 자연스레 미소가 지어졌다.

이제부터 시작되는 여행이 다시 또 떠나고 싶어질 만큼 즐거운 추억이 될지, 학을 떼고 질려 버릴 악몽이 될지는 아직 미지수다. 다만 한 가지, 마미는 오래된 소망을 이루었다.

혼자서, 가고 싶은 곳에 갈 수 있는 자신이 되었다.

2화

3박 4일의 신데렐라

아침 공기는 차가웠다.

나카노 하나에는 카디건 앞을 여미며 부르르 몸을 떨었다.

지금은 7월이고 폭염이 이어지고 있다. 그러나 새벽 5시는 전혀 그렇지 않다. 매미 소리만 지금이 여름이라는 걸 증명할 뿐.

기온은 아마도 25℃쯤. 밤에는 잠을 설칠 정도로 덥건만 왜 새벽에만 이렇게 쌀쌀한 것일까. 자율신경계가 살짝 이상해져 있는지도 모른다. 어제도 밤늦게까지 빌려온 영화 DVD를 봐버렸다. 날짜 변경선을 넘지 않으려고 노력했지만 결국 4시간 반 정도밖에 자지 못했다.

근무시간은 아침 6시부터 오후 3시까지. 오전 9시부터 오후 5시까지 일하는 보통 사람들과는 다른 근무시간대지만, 하나에는 꽤 만족했다. 아침은 이르지만, 일이 끝나는 시간이 다른 사람들보다 이른 오후 3시니까. 잔업이 없는 날은 퇴근하고 미술관에 가거나 영화를 보기도 수월하다.

어차피 근무시간은 8시간이므로, 이득 보고 있다고 느끼는 것은 그저 착각이다. 그러나 착각일지라도 일과 직장에 대해서 부정적인 감정만 갖는 것보다는 낫다.

나카노 하나에가 일하는 곳은 사무실 청소회사이다. 청소 작업원은 아니고 관리 매니저로 일한다. 아르바이트 면접을 해서 청소원을 채용하고 일을 가르친다. 근무표 짜기, 업무 점검 등이 하나에의 주요 업무다. 아르바이트를 원하는 사람들은 대개 대학생이나 20대 전반의 프리터로, 자신보다 어린 사람들과 일을 하는 것은 여러모로 즐겁다.

급여도 나쁘지 않다. 부모님과 살고 있어서, 혼자 사는 사람보다는 여유가 있다. 집에는 매달 5만 엔을 생활비로 내놓지만, 혼자 살면 훨씬 많이 지출해야 한다. 대학 친구인 다치하라 유리카와 사사 유코도 항상 월세 때문에 투덜거린다. 교통이 편한 곳에 집을 얻으려면 집세만 10만 엔이 훌쩍 넘는다면서.

종종 하나에의 아빠는 말한다.

"대학까지 보내줬더니, 왜 청소회사 같은 데서 일하는 거냐?"

수차례 말싸움을 했다. 지금은 불경기에 취직난도 심한 데다 아빠가 신입사원이었던 40년 전과 다르다고 설명한다. 하지만 아빠의 머리에는 하나에의 설명 같은 게 들어갈 공간이 조금도 없는 듯했다. 대학까지 나온 딸이 이름만 대면 누구나 알 만한 대기업에 들어가지 않은 게 못마땅한 것이다. 아빠는 하나에의 직장이 못내 부끄러운 것이다.

엄마는 입을 다물고 있지만, 마음속으로는 아빠와 똑같이 생각하고 있다는 게 고스란히 전해져 온다. 슬픈 일이다.

집을 나와 혼자 살고 싶다고 종종 생각하지만, 집세를 떠올리면 차라리 그 돈을 저축하는 편이 낫다는 쪽으로 결론이 난다. 그런 생각 자체가 미성숙한 의존심리일지 모르지만. 그래도 하나에는 집에 돈도 보태고, 집안일을 분담해서 놉는다. 귀가가 빠른 덕에 이틀에 한 번꼴로 저녁을 준비하고, 절약하기 위해 싸가는 도시락도 스스로 챙긴다.

종종 말다툼은 하지만 부모님과도 대체로 잘 지내는 편이다. 게다가 남동생도 여동생도 나가서 사는 까닭에 부모도 쓸쓸한 탓인지, 독립하라고 적극적으로 말하지는 않는다.

사무실 건물의 직원 전용 출입구로 들어가서 지하에 있는 청소관리실로 내려갔다. 이미 도착한 아르바이트생들이 탈의실에서 작업복으로 환복하고 있었다.

어제 준비해 둔 장소 할당 내용을 화이트보드에 쓰는데 아르바이트 경력이 긴 나카니시라는 여자가 말을 건넸다.

"아까 토다에게 전화가 걸려왔는데, 감기가 심해서 오늘 쉰다고 합니다."

"그래? 고마워."

학생 아르바이트생들은 책임감이 다소 결여된 탓에 갑자기 쉬겠다고 통보하는 일이 잦다. 하나에는 미간에 주름을 세우며 화이트보드를 노려보았다. 오늘은 인원에 여유가 없다. 토다는 각 층의 화장실 담당인데, 다른 곳의 청소 인력이 빠듯해서 인력을 움직일 수가 없다.

하나에는 작게 한숨을 내쉬었다. 오늘은 하나에가 대신 할 수밖에 없다. 이런 일은 매주 한 번꼴로 생긴다. 약간 잔업을 하면 통상 업무도 마칠 수 있으니 문제는 없다.

다만 그럴 때마다 생각한다. 딸이 실제로 청소에 나서는 것을 알게 되면, 아빠는 더 많이 화를 내겠지. 하나에 자신은 일거리가 늘어난다는 문제만 제외하면 청소가 그다지 싫지 않다. 또 오래 해온 만큼 아르바이트생들보다 일 처리가 빠른 편이다. 그런데도 부모님께는 말할 수 없다. 말하면 또 부딪히고, 하나에 자신이 소모된다.

한숨을 내쉬며 하나에는 청소용 작업복으로 갈아입기 위해 탈의실로 향했다.

그날 밤은 대학 시절 친구들과 식사를 하기로 되어 있었다. 저녁 7시에 만나기로 했으니까, 잔업을 해도 시간은 충분하다. 오히려 정시에 일이 끝나면 집에 들어갔다가 나오려고 했었다.

오늘은 지난번 뉴욕에 혼자 여행을 다녀온 마미의 이야기를 듣고, 선물도 받기로 했다. 그녀의 여행 결과는 SNS에서 대충 봐서 안다.

뉴욕에서 보고 싶은 무대를 보고, 출연진 출구 앞에서 기다리는 모험까지 감행한 결과 좋아하는 배우에게 사인받고 사진까지 찍었다고 했다. 잘생긴 미국 배우가 어깨에 손을 올려주는 바람에 잔뜩 긴장한 나머지, 울 것 같은 표정을 지어버린 마미의 사진을 SNS에서 보며 자기 방에서 큰 소리로 웃었다. 평소 어른스럽고 소심한 그녀가 어린애처럼 들뜨고 신이 난 여행기를 SNS에 연이어 올렸다. 그것을 보며 왜 그런지 가슴이 뜨거워졌다.

길을 헤매고, 혼자서는 레스토랑에 못 들어가서 결국 호텔 룸서비스를 시키고, 너무 걸어서 신발 뒤축이 벗겨지기는 했지만, 그녀는 오래된 꿈을 이루고 무사히 집으로 돌아왔다.

여행 성공을 축하해 주고픈 마음으로 하나에가 소집한 자리였다. 예약한 이탈리안 식당에 가니 유리카는 벌써 와 있었다. 마미와 유고는 아직이다. 백화점에 근무하는 미미는 오픈 조라고 해도 퇴근 시간이 다 돼 손님이 오기라도 하면 빠져나오기 힘들다. 또 프리랜서 기자인 유코는 항상 바쁘게 뛰어다니고 있다. 그래서 모임 장소에 늘 먼저 오는 것은 유리카와 하나에였다.

유리카와 둘만 있으면 약간 어색하다. 싫어하는 건 아니다. 그녀는 활동적이고 머리가 좋은 친구다. 모두 함께할 때는 대화를 즐겁게 주도하는 능력도 출중하다. 그런데 둘만 남으면 이상하게 어색해진다. 억지로 이야기를 하는 듯한 느낌이랄까. 하나에는 낯을 가리거나 빼는 유형은 아니다. 아르바이트 학생들과 첫 대면에서도 자연스럽게 이야기할 수 있다.

유리카와는 약간 파장이 안 맞는 건지도 모른다. 싫어하는 것은 아닌데, 어딘가가 맞지 않는다. 유리카도 어쩌면 비슷하게 생각할지 모르겠다.

대각선 쪽에 앉으니 유리카가 말했다.

"마미는 곧 올 텐데, 사와 짱은 언제나처럼 한 시간 정도 늦는대. 우리 먼저 먹고 있으라고."

"뭐, 늘 그러니까."

레스토랑에서 식사할 때면 유코가 나타나는 시간은 대체로 디저트가 나올 타이밍이다. 그러므로 유코는 늘 가장 빨리 나올 듯한 요리를 시켜서 서둘러 먹는다. 지각이기는 하지만, 올 시간에는 반드시 나타나기 때문에 크게 신경 쓰이지 않는다.

잠시 침묵이 이어졌다. 하나에가 먼저 입을 열었다.

"마미, 좋아 보이더라고."

"응. 또 가고 싶다고 말하던데."

그런 마음이 드는 여행이었다면 성공이다. 유리카가 물었다.

"있잖아. 하나에는 뉴욕에 가본 적 있어?"

"없어. 나는 아시아만 다녔거든. 홍콩하고 대만, 그리고 베트남, 말레이시아."

물론 다른 곳에도 갈 수 있지만, 지금으로선 충분하다.

"나도 없어. 언젠가는 가고 싶다는 생각만 하지."

그 말인즉슨, 지금 유리카는 뉴욕에는 가고 싶지 않다는 뜻이다.

대학 시절부터 사이가 좋았지만, 항상 네 명은 '마이 페이스'였다. 흥미가 없는데도 사회성 발휘하며 함께 가려고 하지 않았다. 네 명 중 두 명만 함께 다녀도, 나머지 두 명에게 말하지 않아도 서로 신경 쓰지 않았다. 서운하다고 불만을 말하는 사람도 없었다. 네 명 모두 성격과 취향은 다르지만, 그런 부분에서 합이 좋았다.

문이 열리고 마미가 들어왔다. 큰 종이가방을 들고 있었다.

"미안미안! 늦었네."

"아니야. 수다 떨고 있었어."

직원에게 메뉴를 받고 디너 코스를 주문했다. 와인도 비싸지 않은 것으로 한 병. 하나에는 술이 약해서 미네랄워터를 시켰다.

"슬거웠어?"

유리카가 큭큭 웃으며 물었다. 마미의 대답은 예상대로였다.

"응. 너무 즐거웠어. 고민하지 말고 더 일찍 갈걸 그랬어."

보통 때는 주로 듣는 역할이던 마미지만, 오늘은 할 말이 얼마든지 많은 듯했다. 베이글 샌드위치와 리브 스테이크가 얼마나 맛있었는지, 본고장 브로드웨이 무대가 얼마나 대단했는지. 그리고 더 대단한 실수담….

두 친구는 깔깔 웃으며 마미의 이야기를 들었다. 그러다 갑자기 유리카가 물었다.

"참, 하나에는 여름휴가 어디로 가?"

흠칫 놀랐다. 동요를 감추고 미소를 지으며 말했다.

"홍콩에 갈 생각이야."

"홍콩? 얼마 전에도 다녀오지 않았나?"

마미의 질문에 하나에는 솔직하게 대답했다.

"갔었지. 다섯 번째."

"와! 대단하다. 매년 가는 것 같네. 그렇게 좋아? 홍콩이?"

"응, 즐거워. 음식도 맛있고."

유리카가 전채요리로 나온 훈제연어를 썰며 말했다.

"그건 그렇고 말이야. 하나에는 여행 다녀온 이야기를 잘 안 하는 것 같지 않아?"

이번에는 정말로 숨이 멎는 것 같았다. 하나에는 억지로 미소를 지어 보였다.

"그래? 그랬나?"

"안 했어. 음식이 맛있다거나 사람들이 친절했다거나…, 그런 이야기들뿐이었잖아."

왜지? 나쁜 이야기를 들은 것도 아닌데 맥박이 빨라졌다.

"어휘가 부족한 거야. 특별한 일도 없었고."

이래서 머리 좋은 사람들은 피곤하다. 넘어가도 될 것을 꼭 짚으니 말이다. 마미가 물었다.

"언제 가?"

"다음 주에."

그렇게 대답하자 마미와 유리카가 동시에 말했다.

"바로잖아?"

그렇긴 하지만, 친구들에게 따로 보고할 이유는 없으니까.

유리카의 눈은 정확하다. 하나에는 여행 이야기를 하고 싶지 않았다. 부끄럽기 때문이다.

다음 날이었다.

하나에가 대차에 세제를 싣고 옮기는데 아르바이트생인 가츠라기 토시오가 그녀를 추월해 갔다. 잰걸음으로 서둘러 나아간 그가 하나에를 위해 문을 열어 주었다.

"고마워."

가츠라기는 주 5일 근무하는 프리터이다. 여기에 온 지 6개월째지만 손발이 빠르고, 무엇보다 이렇게 아무렇지 않은 배려가 몸에 밴 사람이어서 다른 아르바이트생들이 많이 따르고 신망도 두텁다.

배려심이 깊은 좋은 사람으로, 대화를 나누면 머리가 좋은 친구라고 느껴진다. 이런 사람이 청소 아르바이트를 하고 있다니, 살짝 아깝다는 마음도 들었다. 그런 생각을 하는 하나에 역시 청소 아르바이트를 하찮게 보고 있는 건지 모르겠지만, 가츠라기 정도라면 다른 회사의 정사원이 되어도 일을 잘 할 듯했다.

그 역시 지하 사무실로 가는지 함께 엘리베이터에 탔다.

"내일부터 저 일주일간 휴가입니다. 고향 집에 다니러 가려고요."

"어? 그랬던가?"

가츠라기가 씁쓸한 표정을 지었다.

"모르셨던 거예요? 충격인데요. 제 존재를 신경도 안 쓰고 계신 거구나…."

"그런 건 아니야. 아르바이트생이 열다섯 명이나 있고…."

"그래도, 모두 동급인 거네요."

장난스레 째려보는 표정에 왠지 심장이 두근거리고 쪼그라드는 듯했다.

아, 이거는….

가츠라기는 스물여섯 살, 하나에보다 세 살이나 어린 청년이었다. 그런 가츠라기에게 하나에는 분명 서른 즈음의 아줌마일 텐데…. 그가 하나에를 향해 활짝 웃어 보이며 말했다.

"나카노 씨 선물 사 올게요."

솔직히 말하면, 가츠라기에 대해 조금 괜찮은 남자라고 생각하고 있었다. 잘생긴 건 아니고, 눈도 코도 입도 한 줄의 선처럼 간단하게 생긴 얼굴이지만 모두에게 친절하고 온화한 성품을 지녔다. 그러므로 가츠라기가 조금 관심이 있는 듯한 말을 해도 가볍게 웃어넘길 수 있었는데 그게 쉽지 않았다.

안 돼. 절대로 안 될 일이야.

3년 전까지 사귀던 코오키를 생각했다. 대학 시절 아르바이트하던 곳에서, 정사원이던 코오키와 하나에는 사랑에 빠졌다. 5년 정도 사귀었을 무렵 부모님께 인사를 하러 갔다.

거실에서 부모님께 코오키를 소개하자마자 아빠가 이렇

게 물었다.

"코오키 군은 어느 대학을 졸업했나?"

코오키의 얼굴에서 핏기가 사라진 것을 하나에는 지금도 기억하고 있다.

"그럼, 고졸인가?"

아빠는 앵두 씨를 툭, 뱉어내듯 그렇게 말했다. 코오키는 그날 간간이 추임새만 넣을 뿐 말을 하지 않았다. 아빠는 자신과 친척들의 출신 대학과 직장에 관한 이야기를 줄줄 읊었다. 외삼촌이 대학교수라거나 친척 형제들이 캐나다 유학을 하고 있다거나 하는 이야기들…. 저녁 시간이 되었을 때 코오키는 하나에의 집을 나섰다. 저녁을 먹고 가라는 말도 없었다.

역까지 바래다주는 동안 그는 아무 말도 하지 않았다. 하나에만 도화사처럼 웃고 이상한 이야기를 꺼내며 억지로 말을 이어갔다. 코오키를 보내고 귀가했을 때 아빠는 하나에를 슬쩍 보며 말했다.

"저런 자식은 일찌감치 때려쳐."

그에 대해 아무것도 모르면서.

코오키가 신경 쓰지 않았으면 했다. 아빠는 신경을 쓰더라도 하나에는 신경 쓰지 않는다. 아빠와 결혼하는 것이 아니니까. 그러나 코오키의 태도는 그날을 기점으로 변했다. 어떻게 해서든 회복하려 애썼지만 3개월도 안 되어 헤어지자고 했다.

코오키를 탓하려는 마음은 없다. 다만 남자의 자존심이란 매우 섬세하고, 약간의 상처를 받은 것만으로 오랜 관계를 한순간 의미 없는 것으로 만들어 버릴 수 있다는 것을 그때 알았다.

이제 와서 아빠가 달라질 거라고 기대하지 않는다. 가족과 인연을 끊으면서까지 연인과 도망가고 싶은 생각도 없었다. 설레발이겠지만, 만약 가츠라기와 사귀게 되더라도 코오키처럼 끝날 것 같은 느낌이 들었다. 그의 학력에 대해서는 모른다. 이력서를 확인하면 될 일이지만, 그렇게까지 할 생각은 없다. 그러나 프리터라는 것만으로도 아빠는 같은 취급을 할 테지.

휴식시간에 도시락을 먹으며 거기까지 생각하다 한순간 부끄러워졌다. 그는 단순히 자신의 휴가를 기억하지 못한 것이 서운하다고, 선물을 사 오겠다고 말했을 뿐이다. 아르바이트생의, 정사원에 대한 약간의 아부다.

갑자기 궁금해졌다. 그의 고향은 어디일까.

집에 가서 장롱에 든 캐리어를 꺼냈다.

알미늄제 중간 사이즈. 오랫동안 사용한 것이라 여기저기 상처가 많지만, 여행을 많이 다닌 듯한 느낌이 있어서 꽤 마음에 들었다.

꺼내면서 알았다. 네 개의 바퀴가 달린 캐리어인데, 그중 하나가 완전히 떨어져 있었다. 유명 회사의 제품이라 수리해 줄 것이다. 그러나 출발은 3일 후. AS를 맡길 시간이 없다.

하나에는 생각했다. 새것을 사야겠네. 집에는 다른 해외여행용 캐리어가 없고, 국내여행용 캐리어는 너무 작다. 그러나 새것을 사면, 고장난 바퀴를 수리한 후 곤란해진다. 두 개나 갖고 있을 필요도, 둘 장소도 없다.

파란색 가죽 캐리어가 퍼뜩 머리를 스쳤다. 얼마 전 플리마켓에서 마미가 샀던 그 캐리어. 서둘러 마미에게 전화를 했다. 아주 고급품도 아니고, 매일 사용하는 물건도 아니다. 만약 괜찮다면 빌려달라고 부탁해도 부담스럽지 않을 것이다.

마미는 흔쾌히 빌려주었다.

파랑 캐리어는 컨베이어 벨트 위에서도 금방 눈에 띄었다.

캐리어를 챙겨 공항 출구로 향했다. 홍콩은 일년에 한 번은 오니까 헤매지 않는다. 약간 비싸기는 하지만, 홍콩 시내까지 에어포트 익스프레스가 다닌다. 신용카드로 티켓을 산 후 스마트한 최신식 열차가 도착하기를 기다렸다. 카오룽까지 이 열차를 타고 가서 홍콩역으로 가는 열차로 갈아타면, 거기서 호텔까지는 셔틀버스가 있다.

비행시간이 5시간에 불과하니 피곤하지는 않지만 공항에 도착한 시간이 밤 9시였다. 가능한 최단 거리로 호텔에 들어가고 싶었다.

에어포트 익스프레스는 순식간에 카오룽역에 닿았다. 곧장 홍콩역으로 향하는 열차로 갈아탄 뒤 셔틀버스에 몸을 실었다. 일본보다도 훨씬 선명하고 눈에 거슬리는 네온사인을 보니 돌아왔구나 싶었다.

하나에는 이 거리가 정말 좋았다. 눈이 휘둥그레질 정도로 호화스러운 것과 잡다하고 추한 것들이 공존한다. 주재하는 일본인도 많아서, 마치 여기에 사는 사람처럼 거리를 걸어 다니는 것도 가능하다. 호객하는 사람들도 그리 과하지 않다. 베트남과 말레이시아도 즐겁지만, 격한 호객행위에는 할 말을 잃는다.

홍콩이 너무 좋아져서 광둥어까지 공부하기 시작했을 정도다. 익숙한 분수광장에 셔틀버스가 멈췄다. 거기서 내리면 하나에가 묵을 호텔은 금방이었다.

홍콩 제일의 호화스러운 호텔이라고 해도 과언이 아니다. 1박에 일본 엔으로 4만 엔이 넘는다. 3박 머무르면 한 달치 집세와 맞먹는 가격이다. 놀랄만한 가격이지만, 그렇다고 아주 불가능한 것도 아니다. 도쿄 중심부에서 월세 집을 빌리면, 매달 이정도 금액을 내야 한다.

호텔에 들어서기 무섭게 깔끔하게 제복 입은 포터들이 다가와 자연스럽게 하나에의 캐리어를 받은 뒤 이름을 묻고 프런트까지 안내해 주었다. 귀여운 홍콩 여성이 하나에를 보고 미소를 지었다. 유창한 일본어로 그녀가 인사를 했다.

"어서 오세요. 항상 찾아주셔서 감사합니다, 나카노 님."

하나에는 이 호텔에 매년 한 번은 투숙한다. 방에 들어가면 하나에 취향의 베개가 침대에 놓여있고, 웰컴 과일은 하나에가 못 먹는 감귤류를 빼고 준비되어 있을 것이다.

여러 차례 방문하면서, 스태프들의 대응에서는 점점 더 친근함이 묻어나기 시작했다. 정중하고 예의 바른 것은 처음부터 여전했지만, 두 번째, 세 번째부터는 조금씩 웃는 얼굴들이 많아졌다. 마치, 에도시대의 오이랑 게임 같다고 하나에는 생각했다. 첫 판은 얼굴을 보기만 하고, 뒷면을 뒤집으면 조금씩 친해지고, 세 번째에 겨우 손님으로 인정을 받게 된다. 그러나 그만큼, 친근하게 대해주는 것이 자랑스러워진다.

요즘 트렌드인 카드키 대신 주석으로 된 무거운 열쇠를 받아서 방으로 향했다. 캐리어는 나중에 포터가 갖다 줄 것이다.

문을 열고 심호흡을 한다.

넓고 쾌적한 방. 호화로운 인테리어와 난꽃 장식, 새하얀 시트가 씌워진 킹사이즈 침대. 오래된 주택의 네 평짜리 방과는 딴판인, 꿈의 방.

침대에 벌러덩 누운 채 심호흡을 한다. 이것만으로 매일 아침부터 시작되는 일상의 피로가 다 풀리는 것 같다. 이 공간이 너무 좋다. 일년에 한 번이지만 이곳에 오는 것을 생각하면, 아르바이트생들의 무책임 대환장 파티도 견딜 수 있었다. 코오키와 헤어진 후 남자친구가 없는 것도, 서른 살이 코앞까지 와 있는 것도, 모두 다 잊을 수 있었다.

잠시 잠깐의 낙원이지만, 낙원은 낙원이니까.

하지만 아무래도 떨칠 수 없는 죄책감이 있었다. 실은 이런 곳에 묵을 정도로 부자가 아니다. 애초 너무나 평범한 직장인의 딸로 세상에 나왔다. 일상은 어떤가. 아르바이트생들에게 기합을 불어넣어 일을 시키거나 스스로 직접 걸레와 세제를 들고 화장실 청소를 한다. 어느 모로든 이 호텔과 어울리지 않지만, 하나에는 마치 태어날 때부터 사치를 누려온 듯 기품 있는 얼굴로 로비에 들어선다.

그리고 또 하나, 이것이 정말로 여행일까. 여행이라면 모름지기 유리카처럼 배낭을 들쳐메고 낯선 나라에 가서 유스호스텔에 머물며 그 지역 사람들과도 교류하는 것이 아닐까.

나름 관광도 하고, 거리를 걷기도 한다. 맛있는 것도 먹는다. 최고급 명품점에도 들어가고, 마트나 작은 잡화점을 구경하면서 선물이나 기념이 될 만한 것들도 산다. 호화스러운 호텔에 묵는 것을 제외하면 사실 그게 전부다. 지역 사람과 친구가 되는 일 없이, 단지 관광객으로서 거리를 다니는 것뿐이다.

그래서 누군가에게 자신의 여행 이야기를 하고 싶지 않았다. 자랑할 수 있는 게 없었다. 깨끗한 이 거리와 호화스러운 호텔이 정말 좋지만, 한편으로는 그런 자신이 싫었다.

다음 날, 하나에는 여유롭게 거리를 걸으며 노닐고 있었다. 스파에 저녁 마사지 예약을 해뒀기 때문에 멀리 갈 수는 없었다. 내일은 마카오를 가볼 예정이라 홍콩을 여유롭게 걸을 수 있는 것은 오늘뿐이다. 마지막 날은 오후 비행기로 귀국한다.

대체로 3박 4일로 방문하지만, 항상 짧다고 느낀다. 가능하다면 일주일이나 보름 정도 체류하고 싶다. 하지만 그만큼 오래

이 호텔에 묵을 수는 없다. 1박을 연장하는 것조차 부담스러운 형편이다.

일년에 딱 한 번, 3박만 가능한 꿈. 행복하지만 깨는 것도 빠른 꿈. 이곳은 일본보다도 습하고 더워서 땀이 분출하듯 흐른다. 그런데도 가게나 쇼핑센터에 들어가면 에어컨이 얼마나 세게 돌아가는지 한기가 느껴질 정도다. 모든 것이 극단적인 곳, 실은 그게 재미있다.

아침 9시쯤부터 걷다 보니 어느새 점심시간이 지날 무렵이었다. 더위에 기진맥진한 채 공원 나무 그늘에서 잠시 휴식을 취했다. 그 지역 아저씨들이 새장을 들고 모여있었다. 아름다운 소리를 경합하는 거라고 전에 들은 적이 있다. 나무 그늘에서 새소리에 귀를 기울였다. 고독함도 자유로움도 즐겁다. 혼자 있는 시간은 그다지 외롭지 않다. 식사 때 살짝 우울이 감돌 뿐.

조식으로 중화 죽을 먹은 터라 금세 배가 고파졌다. 뭔가 먹으러 가야지 생각할 때였다.

"나카노 씨?"

불쑥 들려온 목소리에 놀라 고개를 드니 거기에 가츠라기가 서 있었다.

"아니……?"

놀라서 목소리가 나오지 않았다. 왜 가츠라기가 여기에? 가츠라기 역시 본인이 말을 걸어놓고도 놀란 표정이었다.

"역시 맞군요. 이곳에 계실 리가 없다고 생각했는데, 너무 똑같이 생겨서…"

"우연…."

가츠라기는 하나에 옆에 앉았다.

"여행인가요?"

"응. 가츠라기 군도?"

그렇게 묻다가 생각났다. 그는 고향에 간다고 말했었다.

"저, 엄마가 여기에 살고 계시거든요. 태어난 곳도 홍콩이고."

"어머, 그런 거였어?"

처음 들었다.

"네. 그러니까 고향에 온 거죠. 지금 숙모 집에 가려고요."

"그렇구나. 좋겠다."

가츠라기는 눈을 크게 떴다. 하나에는 서둘러 말했다.

"아, 나 홍콩이 너무 좋거든. 일년에 한 번은 와."

"우와! 그럼, 항상 묵는 곳도 있어요?"

호텔 이름이 목구멍에서 걸렸다. 억지 미소를 지으며 마음의 동요를 들키지 않으려고 애썼다.

"뭐, 여기저기."

그는 그 이상 묻지 않았다. 원래부터 크게 관심이 없었던 거겠지.

"친구나 다른 누군가와 함께인가요?"

"아니, 혼자."

이건 말할 수 있다. 혼자서 행동하는 것은 부끄럽지 않다.

"우와! 그러시군요. 그럼 저녁 같이 먹을까요? 맛있는 양고기 샤부샤부 가게 있는데."

그렇게 말하더니, 가츠라기가 신나는 듯 웃었다.

"아, 양고기 싫어하시면 다른 거라도."

"양고기 좋아해. 괜찮아."

자연스럽게 전화번호를 교환했다.

"그럼 7시쯤 전화할게요."

마사지는 5시부터 한 시간이니까, 방에 돌아가서 화장을 고치고 나오면 딱 좋을 시간이었다. 그는 가볍게 손을 들며 빠른 걸음으로 공원을 빠져나갔다. 마치 바람처럼.

님섬을 먹고, 호텔에 돌아가자 갑자기 슬퍼졌디.

왜 말하지 못했을까. 내가 좋아하는 곳인데, 왜 부끄럽다고 생각하는 것일까.

자신이 이곳에 어울리지 않는다고 생각하니까, 무리해서 키높이 구두를 신고 있다고 생각하는 자체가 부끄러우니까. 얼마든지 이유는 떠오른다. 그러나 나쁜 일을 하는 것도 아니고, 다른 사람 돈을 훔쳐서 좋은 호텔에 묵는 것도 아니잖은가. 그런데도 왜 이렇게 스스로 부끄러워하는 것일까.

본래 잘 사는 집에서 태어나, 부유함을 당연하게 생각하는 사람이고 싶었다.

멍한 기분으로 창가에 세워둔 마미의 캐리어를 바라다보았다. 하나에의 행복은 이 캐리어와 닮았다. 선명한 색으로 사람들의 이목을 끌고 아름답지만, 어차피 빌려온 것에 불과하다.

캐리어 옆에 쪼그려 앉았다. 자신도 모르게 입이 움직였다.

"어디서 왔니?"

플리마켓에서 마미는 이것을 샀다. 그러므로 이 캐리어에는 이전 주인이 있을 것이다. 그 사람은 여행을 좋아했을까? 아직 새것처럼 깨끗한 걸 보면, 이 캐리어를 사놓고 한 번도 사용하지 못한 채 내놓았을 가능성도 있다.

어쩌면 이 캐리어는 주인인 마미보다도 더 많은 곳을 여행하고 있을지 모른다. 사실 마미도 와 보지 못한 홍콩에 하나에가 데려오지 않았던가.

숫자 열쇠를 풀어서 가방을 열었다.

3박 4일 홍콩여행용으로는 큰 사이즈라 3분의 2 이상이 비어있는 상태로 가져왔다. 지금은 외출복을 방의 옷장에 걸어뒀기 때문에 거의 텅 비어있다. 뚜껑을 덮으려고 했을 때 위쪽 포켓에서 뭔가 빼꼼 보였다. 꺼내보니, 뉴욕 지하철 노선도였다. 마미가 넣어둔 채로 잊어버린 것 같다.

가본 적 없고, 앞으로도 갈 예정이 없는 도시의 지하철 노선도는 약간 미스터리한 느낌을 자아냈다. 의미도 없이 보는데, 몇군데 역명 아래 빨간색 선이 그어져 있었다. 내리는 역이었겠지. 꼼꼼한 마미답다. 흐뭇한 마음으로 노선표를 접어 넣다가 종이 귀퉁이에 적힌 작은 글씨를 발견했다.

'*절대로, 지지 않아*.'

마미의 글씨였다. 스스로 다짐하고자 쓴 것인지, 싸우지 않으면 안 되는 일이 있었는지…. 신경이 쓰였다. 하나에는 그 글씨를 곰곰이 살폈다.

의젓하고 착한 남편을 골라 일찍 결혼하고, 무엇이든 잘 풀리는 듯 보이는 마미도 무언가와 싸우고 있구나. 본인도 모르게 그런 한마디를 쓸 정도로 참기 힘들었던 것일까.

하나에는 한참을 생각했다. 하나에에게 싸워 이기지 않으면 안 되는 상대는, 하나에 자신이었다.

가츠라기로부터 전화가 걸려온 것은 7시가 되기 직전이었다.

"지금 어디에 세시나요?"

하나에는 심호흡을 하고 호텔 이름을 말했다. 그저 사실일 뿐이므로, 그가 어떤 반응을 보여도 하나에와는 상관이 없었다.

그는 대답했다.

"그럼 로비로 갈게요. 15분쯤 걸릴 거예요. 양고기 가게도 그 근처고요."

전화가 끊겼다. 끈이 풀린 듯한 기분으로, 하나에는 손에 쥔 핸드폰을 내려다봤다.

놀라지도 놀리지도 않았다. 홍콩에서 태어난 그는 이 호텔이 얼마나 비싼지 알고 있을 텐데…. 하나에가 청소회사의 직원에 불과하다는 것을 잘 알고 있지만, 그는 놀랍도록 무심했다.

로비로 내려가니 가츠라기를 바로 찾을 수 있었다. 편한 복장이되, 점심때 입고 있던 티셔츠를 면 반팔 셔츠로 갈아입었다.

그의 말처럼 양고기 샤부샤부 가게는 걸어서 5분 거리였다. 건물들 사이에 있는 작은 가게는 현지인들로 가득 차 있었다. 안쪽 2인용 테이블에 앉으니 주문하기도 전에 냄비가 서빙되었다. 냄비에는 칸막이가 있어서, 흰색 수프와 어디까지 매울지 모를 만큼 빨간 수프가 따로 담겨 나왔다.

"이건 모두 똑같고, 안에 넣는 재료를 주문하면 돼요."

양고기, 버섯, 배추와 청경채, 콩나물 등 광둥어 메뉴 안에서 가츠라기는 익숙한 모습으로 주문을 했다. 하나에도 떠듬떠듬 광둥어로 맥주를 시켰다. 가츠라기가 눈을 동그랗게 떴다.

"광둥어 할 줄 알아요?"

"아주 조금. 잘은 못해."

수프가 끓어오를 즈음, 여러 가지 재료들이 서빙되었다. 맥주로 건배한 후, 가츠라기가 하는 모양을 따라서 양고기를 젓가락으로 들어 올려 하얀 수프에 넣어 휘휘 흔들었다. 조심스럽게 입으로 가져갔다.

"맛있네. 순하고 부드러운 맛."

"빨간 쪽은 향신료가 듬뿍 들어있어요."

그 사실은 냄새와 외양만으로도 알 수 있다. 빨간 수프로도 먹어 보니, 맵지만 복잡한 맛이 났다. 이것도 정말 맛있었다.

이런 냄비 음식은 일본에서도 혼자서는 먹기 어렵다. 다시 한

번 이곳에 데려와 준 가츠라기가 고마웠다. 그렇게 두 사람은 열심히 먹었다. 증기와 땀으로 화장은 이미 내려앉았겠지만, 뭐 상관없었다. 가츠라기는 직장에서도 땀을 흘리며 일하는 하나에를 항상 봐 왔다. 마무리에 계란 면을 넣어서 끓기를 기다리는 동안 하나에는 말했다.

"데려와 줘서 정말 고마워. 이런 가게는 혼자서는 절대로 못 찾았을 것이고, 가이드북에도 없어서 절대 알지도 못했을 거야."

가츠라기가 씨익, 웃었다.

"나도 나카노 씨를 발견했을 때, 말 걸기를 잘했던 것 같아요. 실은 고민했거든요. 그냥 지나가 주기를 바랄지도 모르겠다고 생각해서…."

"아니야, 그렇지 않아."

가츠라기는 젓가락으로 면이 익었는지 확인했다.

"이제 먹어도 될 것 같아요."

시키는 대로 수프에 적셔서 면을 자신의 그릇으로 옮겨 담았다. 원래도 맛있는 수프인데 양고기 육수가 되어서, 기가 막힌 맛이 났다.

"히야! 정말로 맛있다!"

"그쵸?"

가츠라기는 자신의 그릇에도 담아서 면을 빨아올렸다.

"근데 저, 홍콩 출신이라고 밝히지 않았었죠? 출신지를 물어보면 시마네현이라든가 대충 말했었어요. 뭐, 본적이 그렇기도 하고, 한동안 살기도 했으니 거짓말은 아니지만…"

"왜지?"

그는 젓가락으로 그릇을 한 번 젓고 나서 대답했다.

"중고등학교 때 심각한 이지메를 당했거든요…"

숨을 삼켰다. 언제나 차분하며 배려를 잊지 않는 그가 그런 일을 겪다니 상상도 하지 못했다.

"초등학생 때는 다른 사람들과 다른 것이 약간 자랑스럽기도 하잖아요? 그래서 친구들에게 내가 홍콩에서 태어났고 엄마가 중국인이라는 사실을 숨기지 않았어요. 그런데 동급생 아버지 중 하나가 중국인을 너무 싫어해서 아들에게 중국에 대해 나쁜 말을 했었나 봐요. 그때부터 친구들 태도가 돌변했어요."

하나에는 젓가락질을 멈추고, 가츠라기의 이야기를 들었다. 아까 만났을 때 그는 엄마가 여기 살고 있다고 말했지만, 중국인 이라고는 밝히지 않았다.

"특히 중학교에 들어가면서부터 심각했어요. 아무래도 이질 적인 것을 배제하고 싶은 마음이 강한 연령대니까. 반 아이들이 인터넷에서 발견한 중국에 대한 나쁜 이야기를 책상에 써두곤 했어요."

"세상에…"

"고등학교는, 중학교 동급생과 떨어지지 못해서 같은 결과가 빚어졌죠. 그래도 도쿄의 대학으로 오면서 그 녀석들과 멀어졌 고, 이지매도 자연히 사라졌어요. 대학에서는 본래 이지매 같은 건 없겠지만…"

그는 맥주 다음으로 시킨 보이차를 자신의 잔에 따르며 말을 이었다.

"하지만 그 후로 저 자신에 대해 말하지 않게 되었죠. 엄마가 중국인인 것이 부끄럽거나 하지는 않지만."

그런 일이 있었다면, 말하기 싫은 게 당연할지도 모른다. 그렇게 생각하면서 깨달았다.

나뿐만이 아니구나. 숨길 일은 아니라고 생각하면서도 말하지 않는 것. 누구나 하나쯤 그런 부분을 지니고 사는지도 모른다.

가츠라기는 부끄러운 듯 웃었다.

"오랜만에 타인에게 말했네요. 비밀까지는 아니지만요."

"그 마음 나도 잘 알아."

하나에는 고개를 끄덕였다.

가츠라기는 아직 눈치채지 못했다. 하나에도 타인에게 말하지 않는, 비밀까지는 이니지만 소소하게 감추고 사는 이야기가 있다는 걸…. 그 후로도 이야기가 이어져 화제는 하나에가 묵고 있는 호텔로 옮겨갔다.

"저는 엄마 집에 묵으니까 호텔에는 묵어 본 적 없는데, 인기 많은 곳이죠? 고급스럽고…."

"응. 건물이나 인테리어도 고급스럽지만, 서비스가 매우 훌륭해. 여러 번 오니 음식 취향이나 베개 취향까지 다 기억하고 챙겨주거든. 마치 공주가 된 듯한 대접을 받지."

거기까지 말하고 나니, 본인이 소녀 취향인 것 같아 부끄러워졌다. 그러나 가츠라기는 말했다.

"소중하게 대해주는 것은 참 중요한 일이죠."

놀랐다. 그 말을 듣고서야 깨달았다. 하나에는 자신을 소중하게, 정중하게 대해주기를 바랐던 것이다. 고작 3박 4일이라도 좋으니, 그때만이라도 누군가가 자신을 정중하게 대해주기를. 그것이 돈의 대가이고, 시간이 지나면 마법이 풀리는 것이라 할지라도 말이다. 하나에는 분명하게 입 밖으로 꺼냈다.

"그래. 나는 소중하게 대접받고 싶었어."

잠시만이라도 그런 시간을 갖고 나면, 다시 힘을 낼 수 있었다. 일상으로 돌아가서 싸울 수 있었다.

용기 내서 하나에는 계속했다.

"그치만 왠지 처량하기도 해. 돈을 내야만 소중하게 대접을 받는 것이…."

가츠라기가 바로 대답했다.

"그렇지 않아요. 누구에게도 친절하지 않고, 돈도 지불하지 않고, 그러면서 자기는 소중하게 대접받기를 바라는 사람들이 세상에는 넘쳐 나잖아요. 그편이 훨씬 처량하죠, 자기 아닌 타인에게 바라기만 하니까."

보이차를 한 모금 마시고, 그는 계속했다.

"그래서 나카노 씨가 행복해진다면, 외려 싼 거 아닌가요?"

맞다. 하나에는 행복해졌다. 고작 3박 4일의 마법으로. 그러니까 부끄러운 일도, 숨길 일도 아니다.

가츠라기는 앞으로 다가오며 물었다.

"언제까지 계시나요?"

"내일모레. 내일은 마카오에 가보려고 해."

"나카노 씨만 괜찮으면 제가 안내할게요."

긴장한 그의 표정이 살짝 굳어졌다.

"괜찮아? 친구 만나거나 다른 선약 있는 거 아니야?"

"내일은 별다른 일정이 없어요. 그리고 친구와 약속이 잡혔다고 해도, 저는 자주 오니까 일정을 조정할 수 있고요. 다시 못오는 곳이 아니잖아요."

그렇다면 부탁해도 괜찮을지도 모른다.

"그럼 부탁할까?"

가츠라기는 순식간에 얼굴이 밝아져서 아이처럼 웃었다.

"정말 맛있는 포르투갈 요리 레스토랑이 있어요. 그리고 에그타르트도…."

"와아, 가고 싶어."

하나에도 웃으며 생각했다. 어쩌면 이번 여행 이야기는, 친구들에게 말할 수 있을지 모르겠다고.

3화

별을 볼 때마다

어릴 적부터 자주 들었다. "반드시 후회할 거야."라는 말.

처음에는 엄마였던가. 유리카가 여름방학 숙제를 하지 않고 놀기만 하거나 다음날 일찍 일어나야 하는데 밤늦게까지 TV를 보고 있거나 할 때면 ㄱ 말이 어김없이 날아들었다.

"너는 항상 되는 대로 대충 살고, 충동적이란 말이야."라는, 부정할 수 없는 평가와 함께.

그러나 여름방학 숙제는 마지막 일주일 동안 열심히 노력하면 어떻게든 끝낼 수 있고, 졸리기는 해도 알람을 맞춰두면 아침에 눈은 꼭 떠졌다. 어쨌든 할 일은 늘 다 하며 살았다.

대학 때는 연극에 빠져 제적당하지 않을 정도로만 학교에 다녔지만, 과락 하나 없이 졸업할 수 있었다. 취업활동도 가장 늦게 시작했지만, 바로 취직이 됐다. 그렇게 취직한 회사는 고리타분하고 구식이라 반년만에 때려치웠지만, 곧바로 파견직 일자리를 얻었다. 그리고 여태 곤란한 일 없이 잘 지내고 있다.

대학 시절 친구 야마구치 마미와 사와 유코는 종종 말한다.

"유리카는 요령이 참 좋단 말이야."

그럴지도 모른다. 냉정하게 생각해도 유리카는 눈에 띄는 미인이 아니고, 성적이 우수한 것도 아니다. 누군가에게 자랑할 만한 재능이 있는 것도 아니다.

그저 요령이 좋을 뿐이다.

칭찬받은 적이 거의 없다는 걸 안다. 그러나 장점도 없는 데다 요령마저 나쁜 사람보다는 훨씬 나은 거 아닌가. 이렇게 되레 당당하고 뻔뻔하게 살고 있다.

그러면서도 종종 '개미와 베짱이' 동화를 떠올린다. 유리카는 베짱이처럼 살고 있다. 서른을 목전에 두고도 결혼하지 않고, 파견직원으로 직장을 전전하고 있다. 돈이 모이면 휴가를 몰아 써서 여행을 떠난다. 휴가를 받을 수 없으면 일을 관두고서라도 일본을 벗어난다. 그리고 다시 돌아와서 일을 시작한다.

지금은 괜찮다. 지금은 일도 있고, 생활도 곤란하지 않다. 시즈오카에 사는 부모님도 아직 건재하다. 그러나 20년 후, 30년 후에는 어떻게 될까. 그렇게 생각하면 심장이 찌릿찌릿하다. 마흔 살을 넘기고도 파견직을 계속할 수 있을까. 부모님이 나이가 들어 자녀의 보호가 필요해지면 시즈오카에 돌아가야만 할 텐데…. 그러면 거기서 일을 찾을 수 있을까?

결혼도 하지 않은 채 나이를 먹고, 부모님도 안 계시게 되면 혼자서 살아갈 수 있을까. 물론 앞으로도 계속 혼자라는 법은 없지만, 아무리 생각해도 자신이 결혼에 적합해 보이지는 않는다.

적당히 남자들에게 인기는 있다. 파견직으로 새로운 회사에 가면 반드시 한 명 이상에게 대시를 받고, 남자친구도 항상 있었다. 그러나 애인과 일년 이상 사귄 적은 없다. 이상하게 3개월이나 반년쯤 지나면 헤어진다. 이런 유형의 인간이 결혼에 적합하다고 보이지는 않는다.

야마구치 마미는 대학 4년간 남자친구가 한 명도 없었는데, 졸업하자마자 만난 남자와 그대로 결혼했다. 사귄 남자로 치면 유리카가 훨씬 많은데, 진짜로 사랑받은 사람은 마미라는 여성이었다.

그야 뭐, 유리카의 체질 같은 것이니까 이미 포기했다. 다만 미래의 불안까지 없앨 수 있는 것은 아니다. 베짱이인 채로 괜찮은 것일까. 언젠가 끔찍하게 한 방 먹는 건 아닐까. 항상 마음속 어딘가에 불안이 웅크려 있었다.

불행하지는 않다. 일도 있고, 좋아하는 여행도 갈 수 있고, 남친도 있다. 마미와 하나에와 유코라는 좋은 친구들도 있다.

하고 싶은 대로 살고 있으니, 불행 같은 건 발 디딜 틈이 없다. 그러나 지금 행복하다고 해서 30년 후에는 불행해도 된다며 포기할 수는 없다.

사와 유코로부터 전화가 걸려 온 것은 일요일 저녁이었다.

"있잖아, 한가해?"

그녀의 초대는 언제나 갑작스럽다. 같은 친구라도 하나에와 마미는 이렇지 않다. 마미는 결혼했으니까 갑자기 만나자고 하기가 힘들다. 부모님과 함께 사는 하나에 역시 갑자기 만나자는 제안 자체를 별로 좋아하지는 않는다. 상황이 이렇다 보니 유코로서도 번개 만남을 제안할 대상은 유리카밖에 없을 것이다.

"안 한가해! 청소 중인데 왜?"

"벨기에 맥주 페스티벌 하는 곳을 발견했는데, 같이 갈래?"

"응. 갈래."

맛있는 맥주는 늘 옳다. 보통은 발포주(유사 맥주)로 타협하고 있지만, 벨기에 맥주는 포기할 수 없지.

"지금 어때?"

싫지 않은 유혹이다. 오히려 좋다.

가고 싶지 않을 경우, 거절하면 그만이다. 갑작스러운 권유이니만큼 거절해도 우정에 금이 갈 일은 없다. 몇 주일 전부터 상의해서 만나는 것도 좋지만, 어쩐지 사람을 만나고 싶을 때 애인 아닌 친구로부터 "지금 만날래?" 하는 목소리를 듣는 것만큼 반가운 일도 없다.

하나에는 갑자기 만남을 권유받으면 마음의 준비가 안 되어서 싫다고 했다. 적어도 전날쯤 말해주지 않으면 싫다고. 정말이지 친구라고 해도 이렇게 성격이 제각각이라니.

벨기에 맥주 페스티벌을 열고 있는 곳은 어느 빌딩의 야외였다. 벨기에 맥주 제조사들이 연합 이벤트를 열어 각각 텐트를 치고 종이컵에 따른 맥주를 판매하고 있었다. 소시지와 감자튀김,

크로켓 등 안주가 될 만한 것을 파는 텐트도 있었다.

유코는 이미 자리를 잡고 앉아 맥주를 마시고 있었다. 유리카를 발견한 그가 손을 흔들었다.

"몇 잔째?"

그렇게 물으니 유코는 오버하듯 눈을 크게 뜨며 대답했다.

"기껏 두 잔째라고. 많이 안 마셨어."

뭐, 문제는 앞으로 얼마나 더 마실까이겠지만.

유리카도 자기가 마실 맥주와 감자튀김을 사서 유코가 있는 곳으로 돌아왔다. 사 온 것은 일본에서 만들어지는 맥주보다는 알코올 도수도 높고, 맛도 진한 취향의 브랜드였다. 일본 맥주처럼 차갑게 해서 목 넘김을 즐기는 것보다는, 맛과 향이 더 분명한 다른 음료 같은 느낌이었다. 일본만큼 덥지도, 습도도 높지 않은 나라의 맥주. 따끈한 감자튀김을 씹으면서 꿀꺽 한 모금 마시고 있으려니, 일주일간의 피곤이 다 녹아내리는 듯했다.

"아…, 천국이다."

여름이기는 하지만, 저녁 시간이 되면 기분 좋은 바람이 분다. 이런 날 밖에서 맛있는 맥주를 마실 수 있다니, 멋진 인생의 선물 같았다. 유코가 "나도 줘."라고 말하며 유리카의 감자튀김에 손을 뻗었다.

"있잖아, 그거 알아? 하나에, 남자친구 생겼대."

유코에게 그 말을 들은 유리카는 화들짝 놀랐다.

"몰랐어. 어떤 사람?"

"같은 직장의 연하남이라나 봐. 얼마 전 홍콩에 갔을 때, 그 남자랑 우연히 거기서 만난 뒤 가까워졌다던데."

"오오…."

하나에는 똑 부러지는 친구라 연하와 잘 맞을 듯했다.

"그나저나 우연이라니. 그런 일이 있으면 뭔가 운명적 만남이라는 생각이 들겠네."

유코는 카프리 팬츠 입은 다리를 꼬았다.

"그래서, 마미가 그러더라고. 그 캐리어가 행운을 가져다주는 것 같다고."

"캐리어라니? 마미가 플리마켓에서 산 블루 캐리어?"

"응. 하나에 캐리어가 갑자기 고장 나는 바람에 마미 것을 빌려서 갔던가 봐."

그렇다면 행운을 가져다주는 캐리어가 맞지. 마미도 좋아하는 배우를 만났고, 그 배우가 허그까지 해줬다며 난리가 났었다.

"언제라도 빌려주겠다고 하더라."

그렇게 웃는 유코의 얼굴은 '행운' 같은 건 믿지 않는다는 표정이었고, 유리카도 웃음을 지었다. '구름이 걷히게 만드는 남자, 비를 부르는 여자' 같은 근거 없는 말을 듣는 듯한 얼굴이었다.

네 친구 중에서는 유리카와 유코가 유독 시니컬하고 현실적인 편이었다. 혈액형이나 운세 같은 건 믿지 않고, 신사의 운세 뽑기도 믿지 않는다. 마미 역시 진심으로 '캐리어가 행운을 가져다준다'고 믿고 있는 건 아닐 터였다. 굳이 말하자면, 마미와 하나에는 신사에 가면 재미로 부적을 사는 타입이고, 유코와 유리카는 부적 같은 건 절대 사지 않는 인간들이다.

그럼에도 그 캐리어는 아주 예뻤다. 여름 하늘처럼 선명한 파랑. 만약 유리카가 먼저 발견했다면 샀을지도 모른다. 아니다. 유리카에게는 필요 없는 물건이니까 굳이 사지는 않았을 것이다.

여행은 좋아한다. 휴일만 되면 어디든 나돌아다니고, 휴일이 없으면 무리해서 휴가를 내서라도 해외로 떠난다.

다만 유리카는 대중교통을 이용해 여행하며, 숙소도 저렴한 곳을 택한다. 파견사원의 급여로도 자주 다닐 수는 있지만, 캐리어가 굳이 필요 없는 여행이다. 일본에서는 입지 않을 너덜너덜한 티셔츠와 면바지로 현지인들이 타는 콩나물시루 같은 버스에 실려 이동하고, 도미도리의 이층 침대에서 묵는디.

왜 그런 생고생 여행을 하느냐고 물어본 사람이 있다. 그때 유리카는 이런 여행이 고생도 뭐도 아니라고 답했다.

이렇게 여행하는 가장 큰 이유는 물론 돈이 없어서이다. 하지만 만약 돈이 생긴다면 택시로 이동하고 고급 호텔에 묵을 거냐고 묻는다면, 고개를 가로저을 것이다. 여행을 떠나면, 일본에 있을 때의 자신을 벗어 던질 수 있다.

다림질이 잘 된 셔츠, 깔끔하게 컬러 손질된 머리, 스타킹과 펌프스. 실은 조금도 어울리지 않지만 어쩔 수 없이 걸치고 있던 것을 전부 벗어 던지고, 자외선 차단제만 바른 얼굴로 현지에서 산 얇은 싸구려 옷과 신발을 신고 걸어 다닌다. 그것만으로도 마음 맞지 않는 동료들과의 부대낌이나 재미없는 일, 상사의 선 넘는 성희롱성 농담 등을 잊어버릴 수 있다.

현지 사람들이 가는 식당에서, 통하지 않는 언어로 악전고투하며 요리를 주문하는 것도 즐겁다.

물론 일부러 위험한 행동을 하거나 모르는 남자를 따라가거나 하는 일은 없지만, 여행은 본질적으로 모험이다. 호텔 방에 처박혀 있는 것으로는 즐겁지 않다. 여러 장소에 가서 보통 사람들이 하지 않는 체험을 해보고 싶다.

그러나 여행 이야기를 할 때, 주변 사람들의 반응이 조금씩 변해가는 것이 느껴진다. 대학생 때나 20대 전반에는 방긋방긋 웃으며 들어주던 친구도 최근에는 어딘가 심각한 표정을 지었다.

작년에는 라오스에 갔었는데, 툭하면 고장이 나거나 엔진 오일이 새는 버스를 이용했다. 좁은 마이크로버스 좌석에서 엉덩이의 아픔과 진동을 견디던 중 함께 타고 있던 네덜란드인과 프랑스인 여행자와 죽이 맞아 친해지는 바람에 너무 즐거운 여행이 되었다. 동갑내기 친척에게 그 이야기를 했을 때, 그는 조금 걱정스러운 표정으로 유리카를 보았다.

"왜 그래?"

"그게…, 그런 거 말이야. 이제 그만하는 게 좋지 않아?"

그런 거라니, 뭐지? 당황해하고 있으니, 그가 계속했다.

"그런 건 젊은 애들이나 하는 거잖아. 이제 나이도 먹고 했으니, 적당히 정신 차리는 게 좋지 않을까?"

순간 몸이 굳는 듯했다. 그에게는 간단히 반론할 수 있었다. 다만 유리카가 여행 이야기를 했을 때 똑같은 얼굴을 하던 사람은 지금까지도 많았다. 즉 그와 똑같이 생각하는 사람이 많은 것이다. 그는 식구니까 분명하게 말했지만, 타인은 속으로만 생각할 뿐 입 밖으로 꺼내지 않는다. 그게 다를 뿐이다.

유리카는 싫은 기억을 머릿속에서 내보내기 위해 맥주를 벌컥벌컥 마셨다. 종이컵을 옆에 내려두고 유코에게 물었다.

"유코는 여름 휴가 없어?"

"없어. 돈도 없고 휴가도 없고. 파리 취재가 잡혀있긴 하지만."

유코는 프리랜서다. 여행에 관한 기사도 많이 쓴다.

"좋겠네. 부럽다."

"거짓말. 유리카는 파리 같은 데 관심도 없으면서."

"흥미가 없는 건 아닌데, 돈이 들잖아."

게다가 파리나 로마 같은 곳은 일본 관광객이 많은 도시다. 많은 이들이 구경 가는 곳이라면 유리카 한 명 정도는 보지 않아도 되지 않을까 싶다. 심술인지도 모른다.

"유리카는 여름휴가, 어디로 갈 거야?"

"여름은 비행기 표 값이 비싸니까, 아무 데도 안 가려고 했는데…. 아부다비에 갈지도 모르겠어."

유코의 눈이, 여러 번 깜빡거렸다.

"아부다비…? 들어본 적은 있는데, 어디? 아프리카?"

"중동. 두바이는 알지? 두바이하고 같은 아랍에미리트 연합 국가 중 하나야.”

“아, 그렇군. 위험하지 않아?”

“관광에 주력하는 나라이고 유복한 국가라서, 치안은 좋아.”

과거에도 치안이 안 좋은 나라에 간 적은 많다.

“그렇구나. 그런데 유리카답지 않은 것 같은데?”

그렇게 말하는 유코의 직감은 정확했다. 아부다비에 가자고 한 것은 유리카가 아니다.

“여름에 함께 여행 가지 않을래?”

그렇게 말을 꺼낸 것은 애인인 요다 타마키였다.

애인이라고는 해도 사귀기 시작한 지 2개월밖에 되지 않았다. 아직은 순조롭고 데이트도 즐겁다.

다섯 살 연상인 요다는 저녁 식사를 할 레스토랑도 자세히 알아봐 주고, 매사에 빈틈이 없다. 유리카가 지갑을 열게 하지도 않는다. 지금껏 만난 남친들은 데이트 비용도 반반이고, 가는 식당도 대부분 유리카에게 결정하라고 했었다. 그래서 어딘가 신선했다. 얻어먹고 싶은 건 아니지만 만약 사준다면 진심으로 감사하며 먹는다.

대기업에 근무하는 애인과 만난 건 파견직 친구들과 함께 나간 타업종 교류회라는 이름의 단체소개팅을 통해서였다. 여행을 좋아한다는 공통점 덕에 금세 의기투합했다. 게다가 요다도 유리카도 유명한 관광지보다 마이너한 지역으로 가는 것을 선호한다.

'대단한데요.' '그렇군요.'라는 추임새가 소개팅의 '필승 워드'라는 건 들어서 알고 있었지만 자연스럽게 입 밖으로 나온 적은 없었다. 그런데 요다가 투루크메니스탄의 '지옥의 문'을 방문했다는 말을 들었을 때, 자신도 모르게 그 말을 연발하고 있었다.

"대단한데요! 저도 언젠가 가고 싶다고 생각했어요."

지옥의 문은 사막 한 가운데에 뻥 뚫려 있는 구멍으로, 그 안에서는 불이 계속해서 활활 타오르고 있다. 지하에서 유독 가스가 새어 나오는 바람에 이것을 연소시키기 위해 불을 붙였다는데, 40년이 지나도 그 가스는 계속해서 불타고 있다고 한다.

이야기하다 보니 그가 다이내믹한 절경에 흥미를 보이는 유형이라는 것을 알았다. 볼리비아의 우유니 소금호수나 남아프리카의 케이프타운에도 간 적이 있다고 했다.

배낭 하나만 메고 저렴한 숙소에 묵으며 현지인과 친구가 되는 유리카의 여행 스타일과는 다르지만, 그래도 여행이라면 와이키키나 파리에서 쇼핑하는 것으로 생각하는 사람들보다는 자신과 가깝다고 느꼈다. 게다가 그의 여행 이야기는 듣는 것만으로도 즐겁다. 언젠가 유리카도 가보고 싶다고 느끼게 했다.

그가 이 여행계획을 꺼낸 것은 사귀기 시작한 지 한 달쯤 지났을 무렵이었다.

"여름 휴가 아부다비로 갈까 하는데, 함께 가지 않을래?"

사막에 가보고 싶다는 생각은 했지만, 아부다비라는 말을 들었을 때 딱 와 닿지는 않았다.

두바이처럼 고층빌딩이 즐비한 풍요로운 산유국. 고급 호텔에도 쇼핑하는 것에도 관심이 없어서, 처음에는 어떻게 대답해야 좋을지 몰랐다. 그러나 요다는 이어서 말했다.

"아부다비에는 매 조련장이 있어서 관광객도 함께 매를 날려볼 수가 있어."

매. 지금은 키우지 않지만 동물을 정말 좋아한다. 사막에서 매를 손에 올려보거나 날려볼 수 있는 것, 흔한 기회는 아니다.

그리고 하나 더. 이슬람 국가는 여자 혼자 여행할 수가 없다.

이집트와 튀르키예에는 가본 적이 있지만, 똥파리처럼 꼬여드는 남자들이 많아서 너무 피곤했었다. 치한을 만난 적도 많았다. 대다수는 친절한 사람들이지만, 일본인 여자는 성에 대해 자유분방하다고 오해하는 사람이 많다고 들었다. 그와 함께라면 번잡스러운 일을 겪지 않고 즐길 수 있지 않을까.

게다가 언제 헤어질지도 모르는 일이고, 다음 남친이 여행을 좋아한다는 보장도 없다.

아직 잘 사귀고 있는데도 이런 생각을 하는 건, 연애 감정이 닳아서 그런지도 모른다. 유리카는 본인이 바람피운 적도 없고, 양다리를 걸친 적도 없다. 그저 연애에 있어서는 덤덤한 편이고, 어떤 계기로 관계가 삐걱거리기 시작하면 스스로 거리를 두거나 헤어지자고 말하는 편이다.

헤어진 후에도 그다지 연연하지 않는다. 마음 아파할 겨를도 없이 다음 상대를 만나온 덕에, 한 번 사귄 사람을 어떻게 해서든 붙잡아야겠다고 생각하지 않는 것 같다.

이런 부분도 베짱이하고 참 닮았네.

유리카는 스스로 개방적이거나 연애 체질이라고도 생각하지 않지만, 결과적으로 그렇게 비칠 수도 있다는 걸 부정하지 않는다. 어쨌든 유리카는 요다와 함께 아부다비에 가기로 했다.

"서프라이즈라서…"

그렇게 말한 요다는 여정도 숙소도 알려주지 않았다. 불만은 아니지만, 유리카에게 결정권이 없는 거니까 호텔 비용도 그가 다 내겠지. 그렇다면 그 정도는 참을 수 있다.

준비하면서 깨달았다. 요다가 정한 숙소는 저렴한 곳은 아니겠지 배낭으로 가는 것이 안 어울릴지도 모른다. 유리카의 머릿속에 파란색 캐리어가 떠올랐다. 고민하지 않고 휴대폰을 잡아 마미에게 전화를 걸었다.

공항에서 호텔까지 가는 택시 안에서, 눈에 들어온 풍경은 온통 푸른 바다였다. 사막의 이미지가 너무 강해서, 바다는 물론 모래사장까지 있다고는 상상도 못 했다. 그러나 지도를 떠올려보면, 아부다비는 아라비아만에 접해 있다. 눈앞에 펼쳐진 광경은 잘 정돈된 리조트 휴양지였다.

고층빌딩도 숲의 나무처럼 줄지어 솟아 있었다. 도시지만 길을 걷는 남자들은 소매가 긴 의복을 입고 있었다. 여성들도 몸을 완전히 감는 검은 원피스 같은 천을 머리까지 두른 차림이었다. 더워서 숨 막힐 텐데…, 자외선을 막을 수 있을지는 모르지만.

그 사이를 걷거나 버스로 이동한다면 이 마을을 좀 더 잘 느낄 수 있을지 모른다. 그런데 냉방이 잘 된 택시 안에서 바라보기만 하다니, 아깝기 짝이 없다.

의외로 반바지 차림으로 걸어 다니는 유럽인 여성들도 보였다. 무슬림이 많은 나라니까 유리카는 긴 팔의 여유로운 복장을 선택했는데, 그런 거 신경 쓰지 않는 여행자도 많을지 모르겠다. 두바이만큼은 아니지만, 아부다비에도 외국인이 늘고 있다니, 다른 이슬람국가보다는 개방적인 듯했다.

저녁 무렵의 예배 시간인가. 예배를 알리는 아잔azan이 들려왔다. 일본에는 없는 소리의 울림과 아름다운 목소리. 아라비아어도 못 알아듣고 이슬람교에 대해서도 잘 모르지만, 튀르키예에 갔을 때도 이 소리를 들으며 홀린 듯 좋아했었다.

도착한 숙소는 바닷가 옆에 있는 미국계 자본의 고층 호텔이었다. 아마도 쾌적하겠지만 약간 실망했다. 미국에도 하와이에도 유럽에도 있는 비슷한 서비스와 인테리어. 아마 조식과 룸서비스도 서양식이겠지.

고층에 위치한 호텔 객실은 바다 쪽이었다.

아름다운 경관이지만 그다지 마음이 동하지는 않았다. 아까 들었던 아잔 쪽이 훨씬 감동적이었다. 밖으로 나가고 싶은 강한 충동이 일었다. 처음 방문한 나라를 가까이서 직접 보고 싶었다.

"한숨 돌리고 산책하러 나갈까?"

그렇게 말하자 요다가 미간을 좁혔다.

"아니, 장시간 비행기 탔더니 피곤해. 좀 쉬게 해줄래?"

"그럼, 혼자 다녀올게."

유리카의 말에 그는 얼굴을 찡그렸다.

"안 돼. 여기는 이슬람 국가야. 여자 혼자 걸어 다니는 거 아니냐. 게다가 이미 저녁이잖아."

그럼 오늘은 호텔에 처박혀 있어야 한다는 건가? 고작 4일간 머무르는 건데? 시간이 아깝다.

요다의 말도 이해가 안 되는 건 아니다. 하지만 그렇다면 함께 산책하러 나가면 되는 거 아닌가? 여행 첫날부터 싸우면, 이후가 재미없어진다. 유리카는 하고 싶은 말을 삼키며 물었다.

"저녁은 어디로 먹으러 갈 거야?"

요다는 아무렇지 않게 대답했다.

"호텔 안에 이탈리안 레스토랑이 있어서, 거기 갈 거야."

다음날 조식은 역시나 서양식 뷔페였다.

그럼에도 대추야자 열매와 후무스hummus라고 하는 병아리콩 페스트, 아랍풍의 납작한 빵 등도 차려져 있어서 유리카는 조금 안심했다. 그런 것들을 골라서 접시에 담았다.

테이블로 돌아오니 요다는 이미 버터 바른 토스트를 먹고 있었다. 그의 앞에 놓인 접시에는 오믈렛과 베이컨이 있었다.

이집트에서 먹고 좋아하게 된 맛있는 병아리콩 크로켓을 나이프로 썰고 있으려니, 요다가 몸을 가까이하며 물었다.

"그거 뭐야?"

"팔라펠falafel이라고 해. 병아리콩을 갈아서 튀긴 거야."

요다는 웬일인지 미묘한 얼굴을 했다.

"하나 먹을래?"

그렇게 묻자 요다는 손바닥을 들어 유리카에게 보였다.

"아니, 안 먹어. 콩은 그다지 좋아하지 않아."

유리카는 큭큭 웃으며 후무스가 담긴 접시를 가리켰다.

"이것도 병아리콩 페스트. 이집트에 갔을 때 다들 먹더라고."

"이집트에도 갔었구나. 안 위험했어?"

"쿠데타가 일어나기 전이었고, 전혀 문제없었어."

후무스를 넓적한 빵에 올려서 먹었다.

"콩만 있네."

"그렇게 말하면 일본인 식탁도 콩만 있지 않아? 두부에 간장, 낫토, 된장…."

"그건 또 다른 문제지."

그럴까? 다른 나라 사람들이 보면, 일본식도 똑같이 보일 듯한데. 그렇게 말하고 싶었지만, 논쟁처럼 되는 것은 원치 않았다.

"이스라엘에서도 후무스는 나왔어. 그쪽 사람들에게는 소울 푸드 같은 건가 봐."

그는 영혼 없는 짧은 대답을 했다.

그날 아침은 투어로 매를 보러 갔다.

그는 매를 날려볼 수 있다고 했지만, 실제로는 매를 위한 병원을 견학하고 매 사육사가 날리는 광경을 구경만 했다. 그래도 평소에 볼 수 없는 매를 가까이에서 보는 건 즐거웠다. 매는 예상보다 작았고, 똑똑한 듯한 눈을 하고 있었다. 매는 바람을 가르듯 멀리까지 날아가더니 다시 사육사의 팔로 돌아왔다.

아랍 요리 레스토랑에서 점심을 먹은 후, 모스크를 보고 호텔로 돌아왔다. 낮 시간대는 50℃에 가까운 기온이라 밖에 있으면 증발해 버릴 것 같았다.

"호텔 스파라도 다녀오면 어때?"

요다가 그렇게 말했지만, 별로 생각이 없었다.

"저녁에는 어떻게 할 거야"

"페라리 테마파크에 가자. 세계에서 제일 빠른 제트코스터가 있다나 봐."

솔직히 말하면 눈곱만큼도 흥미가 없었다. 테마파크에서 시간을 보내느니 거리를 걷고 싶었다. 그러나 요다가 거기에 가고 싶다고 하는 마당에 불만을 토로하기도 싫었다. 대신 제안을 했다.

"있잖아, 저녁은 거리의 레스토랑에 가보지 않을래?"

"싫어. 아랍 요리는 점심때도 먹었잖아."

분명 먹기는 했지만, 관광객용으로 지은 넓기만 한 최신식 레스토랑이었다. 인테리어는 아랍풍이었지만, 어딘가 억지스러웠다. 손님들도 모두 단체 여행객으로 현지인으로 보이는 사람은 한 명도 없었다.

"이 호텔에는 중화요리 레스토랑과 일식 레스토랑도 있으니까 오늘은 일식, 내일은 중식으로 하면 되지 않을까?"

그리고 내일모레는 일본으로 돌아간다. 유리카는 입을 다물었다.

"게다가 다른 레스토랑에서는 맥주도 못 마셔. 여기는 이슬람교 국가라서 말이야. 너도 맥주 마시고 싶잖아?"

타버릴 것 같은 더위라 맥주는 마시고 싶다. 그러나 맥주라면 일본에서도 얼마든지 마실 수 있다.

"나는 마시지 않아도 괜찮은데…."

"나는 마시고 싶다고."

지금 이 사람에게는 거리의 공기를 느끼는 것보다 맥주를 마시는 일이 더 중요하다. 벌러덩 침대에 누운 그를 노려보면서, 작게 한숨 쉬었다. 창밖에는 그림엽서 같은 아름다운 해변이 펼쳐져 있지만, 가능하다면 아까 택시에서 본 거리의 시장을 걸어보고 싶었다. 페라리 테마파크보다 더 보고 싶은 것들이 가득 널려 있는데, 거기를 못 간다고 생각하니 갑자기 서글퍼졌다.

다음 날은 알 아인이라는 마을로 가기로 되어 있었다. 세계유산에 등재된 아름다운 모스크와 낙타 시장이 있다고 했다. 낙타 시장이라니, 유리카는 기분이 좋아졌다. 원래 여행지에 도착하면 곧장 현지 시장에 가본다. 가장 즐거운 것이 식료품을 파는 시장이지만, 다른 시장도 즐겁다. 중국에서는 돼지와 닭을 파는 시장을 구경하며 다녔던 적도 있다.

　선선한 아침 시간에 호텔을 나서서, 가이드가 운전하는 사륜구동 차를 타고 알 아인으로 향했다. 알 아인은 사막 한가운데 있는 오아시스 마을이었다. 당연히 사막을 걷게 되는 것이다.

　일본과는 전혀 다른 건조한 풍경에 유리카는 빨려들었다. 요다는 곧바로 잠들어 버렸지만, 유리카는 가이드 청년과 영어로 대화를 이어갔다. 산 이름을 묻거나 맛있는 레스토랑을 알려주거나 하면서.

　2시간 정도 차를 달려 알 아인에 도착했다. 가든 시티라고도 불리는 이 마을에는 대추야자수가 무성하게 자라고, 광장에는 거대한 분수가 있었다. 아부다비만큼 발전하지 않은 대신 아랍의 도시다운 웅장함이 있었다. 유리카는 한눈에 반해버렸다.

　처음 일정으로 박물관에 도착했다. 적토로 만든 진터가 이야기 속에서 튀어나온 것 같았다. 요다는 말이 없었다. 살짝 피곤한 건지도 모른다.

　요다와 가이드를 40분 후 진터 앞에서 만나기로 약속하고, 유리카는 자신의 페이스로 견학하기로 했다. 유적에서 발굴된 물건들, 베드윈족 민족의상을 보는 것만으로도 심장이 뛰었다. 충분히 즐기다가 40분 후 박물관을 나갔지만 약속장소인 진터 앞에는 아무도 없었다.

　요다는 박물관을 보느라 시간이 걸리는 걸까? 그렇더라도 가이드는 시간에 맞게 기다리고 있어야 하는 거 아닌가? 아니면 이 나라 사람들은 시간을 잘 안 지키나?

당황스러워하며 그늘에 들어가 두 사람을 기다렸다. 그러나 10분, 20분이 지나도 두 사람은 나타나지 않았다.

이상하다는 생각이 들었다. 주차장에 가보니 타고 온 가이드의 차가 없었다. 유리카는 핸드폰을 꺼냈다. 다행히 이 나라는 유리카의 핸드폰이 사용 가능했다. 요다의 핸드폰도 같은 통신사라서 걸릴 것이다.

전화가 안 된다. 도대체 무슨 일일까. 무슨 문제라도 생긴 것인가 싶어 다시 한번 박물관으로 돌아갔다. 안내데스크에 티켓을 보이며 사정을 설명하니 한 번 더 들여보내 주었다.

박물관 안을 헤매며 요다를 찾아다녔다. 남자 화장실 앞에서 이름을 불렀다. 그러나 요다와 가이드는 어디에도 없었다.

믿을 수가 없었다. 설마 혼자 버리고 간 것인가. 아연실색하여 멍하니 서 있었다. 뭔가 그를 화나게 하는 일이라도 했는지 모른다. 그러나 그렇다고 버리고 가는 건 말도 안 된다.

한 번 더 전화를 걸어보지만 역시나 받지 않았다.

마음을 가라앉히자. 지금까지 여행지에서 트러블은 얼마든지 겪었다. 교통파업, 소매치기, 도둑. 그때마다 스스로 다짐했었다. 살아서 돌아가면 성공이라고. 생각해 보니, 처음 해외여행을 떠나며 걱정스러워하던 마미에게도 그렇게 말했던 것 같다.

심호흡을 하고 생각했다. 지갑 안에는 약간의 디르함dirham

과 일본 돈이 들어있다. 여권도 신용카드도 갖고 있다. 귀국 항공권도 있으니까, 출발시간 전까지 아부다비 공항에 도착하면 일본에는 돌아갈 수 있다.

박물관을 나와 한참을 걷다가 시장을 발견했다. 거기서 스카프를 한 장 사서, 그걸 머리에 둘렀다. 유리카의 여행 규칙, '여행지에서는, 현지에서 산 것을 몸에 걸친다.'

스카프 파는 남자에게 아부다비로 돌아가는 버스는 없느냐고 물었다. 그는 영어를 못하는 듯 곤란한 표정을 지었다.

가이드북은 박물관에서는 필요가 없어서 자동차 뒷좌석에 두고 와 버렸다. 통탄스러운 일이다. 그 외에도 몇 명인가 지나가는 사람에게 물어봤지만, 분명히 피하는 듯했다. 박물관까지 돌아가는 편이 나을지 모르겠다. 거기 직원과는 영어가 통했다. 그렇게 생각할 때 핸드폰이 울렸다. 서둘러 받았다.

"어이, 잘 있어?"

요다의 목소리였다. 화난 것을 드러내지 않고 물었다.

"지금 어디야?"

"아부다비로 돌아가는 자동차 안이지."

아무렇지 않게 말하는 태도에 기가 찼다. 그는 계속했다.

"너는 역겨운 여자야. 영어를 좀 할 수 있다는 것만으로 가이드와 키득키득 웃고 떠들었어. 거기도 갔고 저기도 갔다면서, 여행 경험이 풍부한 걸 자랑이나 해대고."

어이가 없어서 입을 다물었다.

"내가 호텔비용까지 부담했는데 감사 인사는커녕, 죽상을 하고서는 페라리 테마파크에서조차 지겨워 죽겠다는 표정이더라?"

그래, 질렸다. 생각해온 여행을 하지 못하고 가고 싶은 곳에도 못 가는 처지에 질려버렸다. 뭐, 인정할 수밖에 없다.

"그 점은 미안해. 하지만 자랑하려던 것은 아닌데…"

그도 자신의 여행 이야기를 자주 했다. 그래서 유리카도 자신의 이야기를 했던 것뿐이다.

그러나 그는 유리카의 말을 무시해버렸다.

"그렇게 여행 경험이 풍부한 걸 자랑하고 싶으면, 거기서 혼자 돌아오는 게 어때? 할 수 있잖아. 여러 나라를 대중교통으로 여행했다면서? 그런 정도의 일을 가지고 고작 파견직원 주제에 뻔뻔하게 자랑이나 해대고."

그러고는 전화를 끊었다. 흡사 살균되는 자외선처럼 강렬한 태양. 바람 한 점 없는 먼지투성이 길. 세상이 빙글빙글 돌았다.

그가 유리카에게 실망한 것은 어쩔 수 없다. 이번 여행이 지루했던 것은 사실이니까. 그러나 자신의 이야기를 좀 했다는 것만으로 이처럼 포악하게 굴다니. 믿을 수가 없었다.

생각해 보면 처음 만났을 때, 유리카는 요다의 이야기에 눈을 반짝이며 빠져들었다. 그래서 그는 유리카가 맘에 들었을 것이다. 다만 신기한 여행지 이야기를 다 듣고 나면, 더는 '우와, 대단해!' 같은 말은 나오지 않는다. 유리카는 본래 감탄사를 남발하는 사람도 아니다.

요다의 말은 억지 횡포에 가까웠지만, 전혀 진실이 아닌 것도 아니다. 솔직히 유리카는 여러 나라를 여행하면서 가혹한 환경을 경험한 것이 자랑스러웠다. 다만 그가 말한 대로, 그것은 정말로 '그런 정도의 일'일 뿐이었다.

누군가를 도와준 것도 아니고, 사회에 공헌한 것도 아니다. 배낭여행객으로 일본인도 잘 가는 곳을 선택해서 여행했을 뿐이다. 사람이 가지 않은 미지의 세계에 도전했던 것이 아니다.

그 마음이 그에게 전해진 걸까. 갑자기 눈앞이 핑 돌아 그 자리에 주저앉아 버렸다. 유코의 말을 믿지 않은 벌인가? 빌려 온 캐리어는 행운의 캐리어는 되지 않았다.

그런 것까지 슬프게 느껴졌다.

한순간 어깨에 부드러운 손길이 닿았다. 얼굴을 들어보니 민족의상인 아바야를 입은 젊은 여자가 유리카 옆에 함께 쪼그리고 앉았다.

"괜찮아? 어디 아파?"

유창한 영어였다. 머리부터 발끝까지 검은 천으로 싸여 있어서 보이는 것은 얼굴뿐이지만, 진한 눈썹과 눈동자가 인상적인 미인이었다.

"괜찮아. 그런데 함께 온 사람과 길이 엇갈렸어. 아부다비로 돌아가야 하는데."

"버스가 좋아? 아니면 택시? 안내해 줄게."

"버스가 좋아. 돈이 별로 없거든."

그리고 뭐 급할 일도 없다. 그녀가 끄덕이더니 유리카의 손을 잡고 일어났다. 버스정류장으로 향하는 길을 따라가며 그녀와 이야기를 했다. 일본인이라고 하니, 그녀가 눈을 반짝였다.

"TV에서 본 적이 있어. 정말로 아름답고 신비한 나라였어."

"나에게는 이 나라가 너무 아름답고 신비하게 느껴지는걸."

그렇게 말하니 그녀의 입가에 미소가 걸렸다. 아부다비는 새롭게 만들어진 국가라고 들었다. 거리를 봐도 전부 새로운 것들 투성이였다. 그러나 아까 들렀던 박물관에는 기원전 4000년경의 유물로 추정되는 전시품도 있었다. 유서 깊은 역사를 새겨 온 땅이다.

버스정류장에는 금방 도착했다. 그녀는 아부다비까지 돌아가는 버스 시간표까지 확인해 주었다.

"20분 뒤에 올 거야. 그늘에서 기다리면 돼."

"정말로 고마워. 도와줘서 고마워."

"별 말씀을…."

그녀가 유리카의 머리를 찬찬히 바라다보았다.

"너 무슬림 아니지?"

"응, 아니야."

"그래서 기뻤어. 너는 여행자인데도 긴팔 옷을 입고 몸의 선을 드러내지 않았어. 스카프로 이렇게 머리까지 가리고…. 우리 문화를 존중하는 거잖아. 그런 거지?"

섹스까지 할 만큼 친밀한 연인이 여행 자랑 좀 했다고, 역겹

다며 버리고 가는 인간이 있다. 반면 아무런 보상도 바라지 않고 이렇게 친절을 베푸는 사람도 있다. 어느 쪽을 추억으로 삼고, 어느 쪽을 잊으면 좋을지는 명백했다.

버스가 출발했다. 그녀가 손을 흔들었다. 앞으로 유리카는 아부다비와 알 아인이라는 지명을 들을 때마다 그녀를 떠올리겠지. 지금까지도 그래왔다. 여러 나라에서 부딪힌 이런저런 만남들. 갖가지 미소와 추억들. 현지의 이름과 추억이 겹치며 무엇과도 바꿀 수 없는 소중한 기억이 쌓여갔다.

여행 중 만난 현지인들에게 유리카는 단순한 여행자에 지나지 않았다. 없어도 상관없고, 아무런 상처도 주지 않는다. 그러나 유리카에게는 다르다.

《어린 왕자》에서 화사도 밀하지 않던가. 어린 왕자가 좋아졌기 때문에, 앞으로 별을 볼 때마다 왕자의 미소를 떠올릴 것이라고. 수억이 넘는 웃는 별. 그 이상 멋진 보석은 없다.

호텔 방 초인종을 누르니 요다의 당황한 목소리가 들렸다. 문을 여는 그는 분명 얼빠진 얼굴이었다. 설마 유리카가 이렇게 빨리 돌아올 거라고는 상상도 못 했을 것이다.

유리카가 말했다.

"짐 줘. 내 블루 캐리어. 그리고 옷장에 걸린 원피스도…."

"니, 니, 니가…, 직접 가져가."

유리카는 요다를 밀치며 안으로 들어갔다. 원피스를 캐리어에 넣고, 다른 물건이 없는지 확인했다.

요다가 중얼거렸다.

"사과하면, 용서해 줄…"

마지막까지 들을 필요도 없었다.

"그럴 리가. 다른 호텔 찾았으니, 거기로 갈 거야."

그의 눈이 휘둥그레졌다. 짐을 들고 호텔을 찾는 건 번거롭다. 유리카는 버스에서 내려 여기로 오는 길에 숙소를 예약했다.

"잘 있어. 앞으로 연락하지 말고. 공항이나 비행기에서 만나도 아는 척하지 마."

유리카는 그대로 캐리어를 끌고 방을 나왔다. 엘리베이터를 타고 내려와 로비로 나가니, 눈앞에 커다란 거울이 있었다.

거울을 보고서야 알았다. 아까 산 스카프의 파란색과 캐리어의 파란색이 깔맞춤한 듯 똑같은 색으로 조화를 이루고 있었다. 갑자기 기분이 맑아졌다. 내일 오후 귀국이라 시간은 별로 없지만, 아마도 남은 시간은 이 나라를 만끽하게 될 것이다.

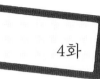

4화

허세 섞인 도시에서

장내 아나운서가 나른한 프랑스어로 뭔가를 알리고 있었다.

대학 때 제2외국어로 프랑스어를 선택했지만 공부를 제대로 한 적이 없다. 그러니 무슨 말인지 하나도 들리지 않는다. 겨우 아는 건 '디즈뇌프'라는 숫자뿐. 분명 19였다. 탑승 게이트 변경이거나 출발하는 비행기에 뭔가 변경이 생긴 건가.

사와 유코는 샤를드골 공항에 지금 막 도착했다. 따라서 안내 방송에 신경 쓸 필요가 없다. 다만 지나치게 섹시한 프랑스어를 들으면서 파리에 다시 왔구나, 실감하며 기분이 좋아졌다.

10대 시절부터 동경하던 이곳을 처음 방문한 것은 대학생 때였다. 파리는 외국인에게 불친절하다는 둥, 아무리 좋아하던 사람도 실제로 가보면 파리가 싫어진다는 둥 여러 이야기를 들었지만 유코에게는 하등 상관없는 이야기였다.

말하자면 사랑이었다. 한번 빠진 후 10년이 지나도록 헤어나지 못하는 사랑. 그럼에도 일년에 고작 한 번밖에 오지 못한다.

견우와 직녀 같은 사랑이랄까.

1터미널의 복잡한 에스컬레이터를 타고 이동하면서 앞으로 어떻게 갈지를 생각한다. 여기서 버스로 파리 시내까지 가서, 거기서 지하철로 갈아타면, 드디어 예약해 둔 호텔에 도착한다.

경유지까지 포함해 14시간이나 이코노미석에 앉아 고생한 몸은, 빨리 침대로 보내달라고 호소하고 있었다. 그러나 택시를 탈 정도로 유복한 사람은 아니다. 공항에서 파리 시내까지 택시로 이동하려면 60유로 가까이 나온다. 왕복 120유로. 지금 환율로 따지면 1만 5,000엔에 가까운 돈이다.

돈을 생각하면 우울해진다.

파리와의 사랑은, 벼랑에 핀 꽃을 향한 사랑과도 같다. 친구 하나에처럼 홍콩이나 대만을 좋아했다면 편안했을 텐데….

항공권은 싸구려를 사도 7~8만 엔이다. 호텔도 싸지 않다. 도심의 쾌적한 호텔은 1박에 200유로 이하로는 구하기 힘들다. 파리 외곽의 불편한 장소에 호텔을 잡으면 더 싸게 묵을 수 있지만, 귀중한 시간을 유의미하게 사용하려면 그건 안 될 일이다.

이번에도 파리에 묵을 수 있는 기간은 4박 5일이다. 그사이에 꼭 취재해야 할 곳이 많다. 효율성 있게 돌아다니지 않으면 적자가 된다. 그렇게 해서라도 유코는 이 일을 하고 싶었다.

운이 나쁘게 버스는 정체에 발목이 잡혔다. 보통 때라면 한 시간 안에 파리에 도착하는데 한 시간 반이나 걸렸다. 유코는 심신이 완전히 지쳐버렸다.

　겨우 체크인하고 호텔 방으로 들어가기 무섭게 침대에 빨려들 듯 쓰러졌다. 일본의 비즈니스 호텔보다도 좁은 방에는 침대와 작은 책상만 하나 있을 뿐이다. 침대마저 장신의 유코에게는 발이 밖으로 나올 정도로 작다.

　시간은 밤 9시를 지나고 있지만, 저녁 먹으러 가고 싶은 마음은 들지 않았다. 멍하니 누워 메리의 아파르망을 생각했다. 그녀가 사는 아파르망도 좁았다. 침실이 두 개지만, 그녀는 소피라는 친구와 집을 공유하고 있었다. 따라서 유코가 자는 곳은 거실의 소파였다.

　그러나 사람이 사는 집에는 호텔과는 전혀 다른 안락함과 온기가 있다. 방에서 커피를 마실 수도 있고, 욕실에는 욕조도 있었다. 메리는 유코가 공복이 아닌지 체크한 후 유코를 위해 햄과 치즈를 썰어 바게트와 함께 식탁에 내주곤 했다. 그것은 메리의 호의였고, 유코는 그 호의가 당연하다고 생각하지 않았다. 작년에 돌아갈 때 메리는 유코를 껴안으며 말했었다.

　"또 와. 신경 쓰지 말고 다시 와. 이 거실이 유코의 방이라고 생각하고 와도 좋으니까."

　하지만 이번에 파리에 간다고 했을 때 냉랭하고 짧은 답장이 돌아왔다.

　'늦은 바캉스로 몰타섬에 가게 됐어. 다음에 만나.'

　타이밍이 안 맞는 거니 어쩔 수 없잖아. 그렇게 생각했지만,

찜찜함은 가시지 않았다. 2년 전, 유코의 방문과 메리가 일로 파리를 떠나는 기간이 겹쳤다. 그때 메리는 흔쾌히 열쇠를 관리인에게 맡겨두고 방을 사용하게 해주었다.

알고 있다. 그때 그랬으니, 이번에도 당연히 사용할 수 있다고 생각하지 않았다. 그러나 메리에게 무언가 실례를 범한 건지도 모르겠다는 생각을 지울 수 없었다.

2년 전, 메리와 함께 지내던 사람은 몸집이 큰 네덜란드인 클라라였다. 영어가 가능한 클라라와 유코는 이야기가 잘 통했다. 그러나 소피는 프랑스어밖에 말할 수 없어서 많은 대화를 할 수가 없었다. 어쩌면 소피가, 메리도 없는 집을 유코가 사용하는 걸 허락하지 않았는지도 모른다.

메리와 알게 된 것은 5년 전이다. 두근두근하면서, 처음 혼자 방문한 오베르캄프의 클럽에서 그녀가 말을 걸어왔다. 그날은 늦게까지 그녀와 영어로 수다를 떨고 술을 마셨다. 다음 날도 그녀의 집에서 저녁을 먹었다.

그리고 이메일 주소를 교환하며 종종 서로 사진을 서로 보내주고, 근황을 주고받는 사이가 되었다. 이듬해부터 메리는 자기집에 유코가 머무르도록 호의를 베풀었다. 좋아하는 도시에 친구가 있다는 건 멋진 일이다. 혼자 여행을 가도, 식사를 함께할 상대가 그곳에 있으면 외롭지 않다. 친구가 있는 도시를 다른 곳보다 훨씬 친근하게 여기고 사랑하게 되는 것은 당연하다.

파리까지 왔는데 메리를 못 만나는 것은 유감이다. 뒤척거리다 파란 가죽 캐리어를 보았다. 친구인 마미에게 빌려 왔다.

자신의 캐리어도 있다. 그러나 주인인 마미뿐만 아니라 이것을 빌렸던 하나에도 유리카도 '행운의 캐리어'라고 말하니까, 유코도 재미 삼아 빌려온 것이다.

정말로 행운을 가져다줘.

이런 것에까지 기대고 싶은 기분이 드는 건, 유코를 둘러싼 현실이 너무 막막해서인지도 모른다.

얼마 전 유리카와 함께 마시던 때, 한껏 여유롭게 '파리에 취재를 간다'고 말했다. 거짓말한 것은 아니지만, 현실은 그 말의 이미지와는 거리가 멀었다.

프리랜서 작가로서 주로 취재 기사를 쓰던 잡지가 휴간하는 바람에 지금 유코가 글을 쓰는 매체는 임대정보지와 기업의 PR 책자들뿐이다. 쓰고 싶은 이야기나 취재해서 책으로 만들고 싶은 소재는 많지만, 그것을 게재해 줄 곳이 없다. 거의 적자라고 할 수 있는 파리취재를 수락한 것도, 이 여성 잡지와의 관계를 잃고 싶지 않아서였다. 이번에는 돈이 안 되더라도 좋은 평가를 받아서 다음으로 이어지면 손해가 아니다.

그렇게 긍정적으로 생각하려 애써도 뭔가가 가까이 다가와 있는 듯한 기분이 든다. 오래전에 본 패닉 영화처럼 돌벽이 사방에서 조금씩 좁혀와서, 더는 도망갈 곳이 없어지는 듯한….

왜일까. 너무나 좋아하는 장소인데, 파리에 온 첫날은 언제나 우울해진다.

다음 날은 가뿐하게 눈을 떴다.

저녁을 먹지 않고 잠들어서인지 몸도 가볍다. 푹 자서 비행의 피로도 다 풀린 듯했다. 시계를 보니 6시가 지났다. 빵집들은 7시부터 문을 여니까, 서둘러 취재를 나가야만 했다.

이 정도로 공복이면 지하철을 타고 빵집까지 가기보다 호텔 조식을 먹고 싶지만, 체류 일수가 짧으니 한 끼도 낭비하면 안 된다. 호텔 조식으로 배를 채울 수는 없는 일이다.

지갑과 가이드북, 펜 등은 옆으로 메는 숄더백에 넣고 에코백을 하나 더 챙겼다. 안에는 지퍼백과 왁스페이퍼 등이 들어있다. 매번 산 것을 전부 먹는 바람에 취재할 때 지장이 있었다. 남은 것은 지퍼백에 넣거나 왁스페이퍼에 포장해서 가져올 수밖에.

가져와도 결국 다른 곳에서 빵을 사기 때문에 버리게 될 확률이 높지만, 먹을 수 있는 것을 바로 쓰레기통에 버리는 것보다는 죄책감이 적다. 무엇보다 호텔에 돌아와 원고를 쓸 때, 맛을 다시 확인할 수 있다.

일단은 평판이 좋은 빵집을 인터넷과 잡지를 뒤져 스무 곳 정도 조사해왔다. 메리도 이메일로 몇 군데 알려 주었다.

공복이라서 첫 번째는 호텔에서 가까운 카르티에 라탱, 무프타르 거리의 빵집에 가기로 했다.

거기서 배고픔을 달랜 후 파리에서 멀리 떨어진 감베타 부근 가게로 가야지. 먼 곳을 먼저 해치우면, 마음이 좀 편해지니까.

목표는 오늘 하루 동안 열 곳. 차로 돌면 그리 힘들지 않겠지만, 지하철과 도보로는 많이 힘든 일정이다. 지난번에는 하루에 대여섯 곳 다니는 것으로도 빠듯했었다.

서둘러 취재를 마칠 수만 있다면, 나를 위한 관광과 쇼핑도 할 수 있다. 그렇게 생각하니 기분이 좋아졌다. 취재용 노트를 체크하는데 칸 밖에 적힌 전화번호와 이메일 주소가 보였다.

뭐지…, 하던 순간 떠올랐다. 사촌 동생이 지금 파리에 유학 중이니 시간이 된다면 연락해보라며 하나에가 알려준 것이다. 연락할까 말까, 아직 결정하지 않았다.

이름은 시오리. 스물여섯 살이라는 얘기는 들었다. 빵집에 대해 물어봐도 좋고, 일정이 맞으면 함께 식사해도 좋을 것이다. 다만 하나에의 친척 동생이라는 연결고리만 있을 뿐, 전혀 모르는 사람이다.

연락을 취하는 게 고민될 수밖에 없다. 스케줄이 빠듯하니 연락을 못할 수도 있다고 미리 얘기는 해두었다.

만약 시오리가 여기서 일을 하거나 결혼해서 사는 상황이라면 무리해서라도 시간을 내 만나려 했을지도 모른다. 하지만 유학이라면, 유코가 다시 파리에 올 때는 이미 귀국해 버릴 가능성도 높다. 그래도 어쩌면 시오리가 맛있는 빵집을 알고 있을지도 모른다. 나중에 연락만이라도 해봐야겠다.

취재 노트를 에코백에 넣고 침대에서 일어났다. 창밖을 보니 날이 꾸물꾸물했지만 상관없다. 파리는 흐린 날이 더 아름답다.

첫 번째 취재는 문제없이 진행됐다.

가게도 금방 찾았고, 혼잡하지도 않아서 젊은 여자 직원에게 영어로 이것저것 물을 수도 있었다. 프랑스인은 영어로 대답하지 않는다고 하는 사람도 많지만, 유코가 아는 한 젊은 사람들은 영어로도 잘 응대해 준다.

일본인들이 '파리 사람들은 영어로 말하지 않는다'고 불평하는 것이야말로, 스스로를 전혀 돌아보지 않는 태도라고 유코는 생각한다. 일본보다는 파리 쪽이 훨씬 수월하게 영어가 통한다.

유코는 프랑스어를 거의 못하지만, 그럼에도 인사는 프랑스어로 하려고 노력한다. 일본에서 철두철미 영어로만 말하는 외국인과 조금이라도 일본어로 말하려고 노력하는 외국인을 만난다면, 어느 쪽에 더 친절하게 될지는 오래 생각할 필요조차 없다.

바게트와 크루아상, 그리고 직원이 추천해 준 버터 사브레를 사서 가까운 광장으로 갔다. 테이크아웃이 가능한 딱 맞춤한 카페도 발견해서 카페오레까지 조달했다.

광장 벤치에서 크루아상을 먹었다. 한입만 맛볼 생각이었는데, 너무 맛있어서 홀라당 다 먹어버렸다. 버터 향이 풍부한 데다 입안에서 사르르 녹아버릴 정도로 빵이 가벼웠다. 크루아상은 구운 뒤 2~3시간 지나면 맛이 절반으로 줄어든다는 사실을 잘 알고 있다. 바게트도 밀가루 맛이 강하지만 기포가 많이 만들어져서 무겁지 않고 맛있었다. 버터 사브레는 다음에 먹기로 하고, 에코백 안에 넣었다.

카페오레를 마시면서 광장을 걷는 사람들을 바라보았다.

아직 9월. 일본에는 푹푹 찌는 폭염이 남아있는 시기지만, 여기는 벌써 가을이다. 얇은 블루종을 걸치고 왔는데 그것도 살짝 쌀쌀하다고 느껴질 정도다. 흐린 날에 이렇게 선선하다면, 비 오는 날은 코트가 필요할 것 같다. 어딘가에서 플리스 웃옷이라도 구매해 두는 게 좋을지 모르겠다.

카페오레를 다 마시고 벤치에서 일어섰다. 먹던 바게트를 에코백에 넣고 다음 가게로 향했다.

그러나, 다음 빵집을 찾는 데 꽤 오랜 시간이 걸려버렸다.

길을 잃어서 몇 번이나 같은 길을 뱅뱅 돌았다. 지나는 사람도 별로 없는 데다 겨우 발견한 사람에게 가게 이름이 적인 종이를 보여줘도 이상하다는 듯 고개만 저을 뿐이었다. 한 시간 가까이 그 길을 헤매다가 가까스로 가게를 찾았다.

건강해졌다고 믿었는데, 잘 안 풀리는 일이 생기면 피로가 급격하게 몰려온다. 숨겨둔 무언가가 얼굴을 내미는 것처럼.

바게트에 치킨이 들어있는 샌드위치는 맛있었지만, 고작 두 곳 취재를 마치고 나니 호텔로 돌아가고 싶어졌다. 그래도 여기서 물러설 수는 없었다. 카페에서 잠깐 휴식을 취하고 기운을 차려 다시 움직이기로 했다.

민트 시럽이 든 탄산수를 마시며 잠시 거리를 구경하고 있으려니 피로가 풀리기 시작했다. 아직 갈 길이 멀다. 가슴 속 어딘가에서 '원고를 써야 하는 여덟 곳만 돌면 되잖아.'라고 외치는 목소리가 들렸지만, 타협하면 안 된다.

만약 이 여성 잡지에서 잘리면 누군가에게 자랑할 만한 일은 하나도 남지 않는다. 프리랜서 작가라고 말하면 곧바로 "어떤 잡지에 게재하고 있어?"라는 질문이 이어진다. 아무것도 대답할 수 없는 상황은 싫다.

알고 있다. 유코는 허세쟁이다. 편집자에게 이 아이템에 대해 들었을 때도, "파리에 친구가 있으니, 친구 집에 묵으면 돼요."라고 큰소리를 쳤다. 원고료가 높지 않아서 숙박비를 제하면 적자가 나는 것은 편집자도 잘 알고 있었다. 친구에게 거절당해서 숙박비가 들 것 같다고 말했다면, 편집자는 이 일을 유코가 아닌 파리 체류 중인 작가에게 요청했을 것이다.

가장 편한 유리카에게도 비행기 삯과 숙박비를 제하면 적자라고 털어놓지 못했다. 그저 무심한 듯 "파리에 취재하러 가."라고 말했을 뿐이다. 건조한 성격의 유리카는 유코를 떠보거나 캐묻지 않고 말 그대로 믿어 주었다. 하지만 그 말과 현실의 차이는 유코 자신이 가장 잘 알았다. 타인을 속이는 건 가능하지만, 자기 자신을 속이는 것은 불가능하다.

적당히 해서는 안 된다. 조금이라도 더 잘해서 평가를 받아야 한다. 에코백을 어깨에 걸치고 자리에서 일어났다. 여전히 다리가 무거운 느낌이지만 걷기 시작하면 나아질 것이다.

이제부터 19구의 벨빌로 간다. 오늘은 번화가 중심으로 돌고, 내일은 몽팡시에 같은 고급주택지를 취재할 계획이었다.

지하철역으로 들어가 때마침 도착한 열차에 올라탔다. 메닐 몽탕에서 내리려고 할 때였다. 내리려는 문 너머로 옅은 금발 여성이 지나가고 있었다. 반사적으로 발이 멈췄다. 다른 승객들이 멈춰 있는 유코를 밀어제치며 내렸다. 그럼에도 유코는 움직이지 않았다. 방금 지나간 금발 여성은 틀림없이 메리였다.

충격이 너무 큰 나머지 호텔로 돌아와 버렸다. 잘못 본 건 아니었다. 함께 걷던 사람은 메리의 룸메이트 소피였다. 혼자라면 몰라도, 둘을 한꺼번에 잘못 보는 건 거의 불가능하다.

무슨 일이 있었던 걸까. 예정대로라면 메리는 지금 몰타섬에 있어야 한다. 그래서 유코와 만날 수 없었던 게 아니었나. 예정이 갑자기 변경되었는지도 모른다. 어떤 문제가 생겨 바캉스가 취소되거나 시기가 늦어졌는지도 모른다.

그렇게 생각했지만, 또 다른 의문이 커지기 시작했다. 그녀는 유코에게 질려서 혹은 유코가 자기 집에 묵는 것이 싫어서, 그런 거짓말을 했다. 유코가 뻔뻔했는지도 모른다. 일년에 한두 번, 일주일씩이나 그녀의 집에 묵으면서 신세를 졌다.

물론 선물도 가져가고, 방을 사용하게 해준 것에 대한 답례로 식사도 대접했다. 그걸로는 불충분했던 걸까. 친구와 소원해지는 것은 종종 겪는 일이다. 한 번 사긴 친구가 영원히 친구로 남을 거라고도 생각하지 않는다. 우정도 제대로 관리하지 않으면 바로 삐걱거리며 녹슬고 만다.

충격적인 것은, 메리가 질려 하는데도 자신이 전혀 알아차리지 못했다는 사실이다. 일본인이라면 몰라도 프랑스인은 본심과 다른 말을 하지는 않는다고 생각했다. 메리가 "언제라도 와도 좋아."라고 말하지 않았다면 유코도 이렇게 기대지는 않았을 것이다. 싫으면 싫다고 분명히 말해주면 좋았을 텐데. 알아차리지 못한 자신의 잘못이 크지만, 그래도 원망스러운 마음이 들었다.

그 집에 묵지 않아도 큰 상관은 없었다. 파리에 왔을 때 유코와 함께 식사하거나 클럽에서 놀 수 있는 것만으로도 즐거웠다. 자신이 메리와의 거리를 착각하지 않았다면 계속 친구로 남을 수도 있었을 텐데. 자기 혐오와 메리에 대한 화가 섞여서 온몸이 무겁게 짓눌리는 듯했다.

관광으로 왔다면, 방 침대에 처박혀 있었을 것이다. 그러나 유코에게는 할 일이 있었다. 적자를 감수하며 여기까지 왔다. 대충 일하는 건 안 될 말이다. 반드시 편집부에 만족스러운 원고를 보내서, 다음 일로 연결해야만 한다. 각오를 다시 다지며 유코는 휴대폰을 들어 나카노 시오리에게 문자를 보냈다. 유코에 대해서는 하나에가 미리 알려 뒀을 것이다.

메시지를 보내고 다시 외출 준비를 하는데 휴대폰 착신음이 울렸다. 시오리로부터 온 회신이었다.

지금 딱 시간이 비어있다며, 저녁을 함께 먹자고 했다.

'쿠스쿠스 어때요? 맛있는 곳으로 안내할게요.'

고급 프렌치 요리가 아니라 쿠스쿠스라면 지갑이 팍팍한 유코도 불안하지 않게 해결할 수 있었다. 상대는 학생이고 빵집 정보 수집에도 신세를 질 테니 가능하면 첫 끼는 대접하고 싶었다.

8시에 만나기로 하고, 유코는 핸드폰을 숄더백에 넣었다. 만나는 장소는 나중에 시오리가 보내주기로 했다. 거울 앞에서 립스틱을 다시 발랐다.

불현듯 아까 보았던 메리의 웃는 얼굴이 떠올라 세차게 머리를 흔들었다. 그녀의 존재를 머리에서 떨쳐내고 싶었다.

결국 그날은 다섯 곳의 빵집밖에 돌지 못했다. 스물네 곳은 어렵더라도 스무 곳은 취재해 두고 싶었는데…

밤에 리스트를 다시 확인하고, 이동 거리를 최수한으로 짜야만 할 듯했다. 그렇다고는 하지만 다섯 곳만으로도 배가 불러서, 저녁이 필요 없을 정도였다. 빵집 소개인 게 그마나 다행이었다. 사서 공원에서 먹거나 호텔로 가져와서 먹을 수도 있으니까…

일본에서 프렌치 레스토랑을 소개하는 일을 할 때, 마감을 코앞에 두고 디너만 세 곳을 사진작가와 함께 돈 적이 있었다. 코스가 아닌 일품요리만 시켜 나눠 먹는 것만으로도 고통스러웠다. 일주일 사이에 체중이 2킬로나 늘어서 위기감을 느끼기도 했다.

슬슬 시오리와 만날 시간이 되있다. 준비해서 나가야 한다.

쿠스쿠스 가게는 오베르캄프에 있었다. 메리와 처음 만나서 놀았던 클럽과 가까워서 심장이 두근거렸지만, 애써서 생각하지 않기로 했다.

쿠스쿠스는 모로코와 알제리 등 북아프리카에서 많이 먹는, 세몰리나 가루로 만든 알갱이 파스타이다. 쪄서 양고기나 닭고기, 야채가 많이 들어간 스튜를 뿌려 먹는다.

북아프리카와 인연이 깊은 까닭일까? 프랑스 사람들도 쿠스쿠스를 많이 먹는다. 유코도 파리에 오면 반드시 한 번은 먹는다. 여행할 때는 채소류가 부족해질 수 있으니 당근과 호박, 병아리콩 등이 든 쿠스쿠스는 딱이다. 토마토 맛 스튜도 프랑스에서 먹는 식사 중에서는 위가 제일 편한 듯하다. 어떤 식당이든 양이 많아 늘 남기고 말지만.…

이탈리아에서는 물을 이용해 스파게티나 마카로니 같은 파스타 재료로 만들어지는 세몰리나 가루가, 사막 근처 나라에서는 찌기만 해서 먹는 쿠스쿠스가 된다는 사실이 참 재미있다. 한 번은 이민자가 많은 모로코 거리에서 쿠스쿠스용 냄비를 발견했는데, 일본의 찜기와 많이 닮았었다. 하부 냄비에는 스튜를 끓이고, 겹쳐 올리는 냄비에서 쿠스쿠스를 쪄낸다. 수분을 조금도 낭비하지 않는 구조. 언젠가 꼭 사서 가져가고 싶다.

가게는 거리의 안쪽에 있었다. 관광객이 오기에는 어려운 장소다. 혹시 모르니 가게 외관 사진을 먼저 찍은 후 안으로 들어갔다. 가게 안쪽에 20대 일본인 여성이 있었다. 그녀도 이쪽을 보고 인사하는 걸 보니, 시오리인 듯했다.

"처음 뵙겠습니다. 일부러 시간을 내줘서 정말 고마워요."

짧은 커트 머리에 작은 얼굴. 키는 작지만 스타일이 좋았다. 누가 봐도 파리에 있을 법한 세련된 여자였다. 갑자기 자신이 초라해졌다. 여행 중에는 손세탁이 가능하고 주름이 안 잡히는 옷을 골라서 오기 때문에 촌스러운 모습일 수밖에 없었다.

"파리에는 언제 오셨어요?"

"엊저녁에요."

"우와! 그럼 아직 피곤하신 거 아니에요?"

"약간. 그래도 오래 머물 수가 없어서요. 목요일에는 돌아가야 하니까…."

"맞아요. 대부분의 일본 사람들은 그 정도죠."

무난한 인사로 대화를 시작했다. 캐치볼을 할 때 처음부터 본심을 내던지지는 않으니까. 다가온 점원에게 그녀는 유창한 프랑스어로 치킨 쿠스쿠스와 샐러드를 주문했다.

별 뜻 없이 질문을 던졌다.

"유학이라면, 무슨 공부를 하고 계신 거예요?"

그녀의 얼굴이 한순간 굳어졌다. 이유는 금방 밝혀졌다.

"무슨 공부라뇨, 프랑스어인데요."

풍기는 분위기로는 의상 디자인 쪽이라고 생각했는데, 어학 유학이었던 모양이다. 동시에 알게 되었다. 그녀는 그 사실을 콤플렉스로 생각하고 있다는 것을. 분명 어학 공부는 이곳 대학에 다니거나 디자인을 배우는 것보다 허들이 낮다.

급하게 말을 이었다.

"그나저나 프랑스어 잘 하는 거 정말 부러워요. 저, 대학에서 공부했는데 그 후로 전혀…."

"프랑스어 못하면, 취재가 힘든 거 아니에요? 작가라고 들었는데…."

"맞아요. 그래도 영어가 대부분 통하니까."

그렇게 말은 했지만, 아픈 곳을 찔린 건 사실이었다.

오늘 오후에 방문했던 가게에서는 영어를 하는 사람이 없어서, 게재 허가를 받는데 적잖이 고생했다. 잡지 표지와 연락처를 건네고, 횡설수설 설명을 했다. 간신히 통했다고 믿었지만, 나중에 팩스로라도 확인을 하지 않으면 안 된다.

프랑스어를 배우고 싶은 마음도 있다. 그러나 지금부터 공부해도 프랑스어를 유창하게 하는 사람을 따라가기는 어렵다. 유코가 알고 있는 작가 중에는 프랑스 출신이거나 배우자가 프랑스인이어서 대화가 문제없는 사람도 많았다.

"파리의 일본인 모임 멤버 중에서는 이곳에 주재하면서 작가로 활동하는 사람도 많아요. 돈 들여 여기까지 오지 않아도 그런 사람들한테 취재를 부탁하면 되는데, 소개해 드릴까요?"

아, 정말 싫다. 이 아이는 말에 가시를 담아 날리는 타입이구나. 얼핏 보면 웃는 얼굴이지만, 빈틈을 보이면 공격해 오리라는 게 눈에 훤히 보인다.

"직접 하고 싶은 일인 데다 파리에 친구도 있어서. 그녀를 만나고 싶기도 했고…."

"그럼 친구 집에 머무시는 거예요? 숙박비는 들지 않겠네요."

유코는 애매한 미소만 지었다.

시오리는 마구잡이식으로 이야기를 했다. 파리의 친구에 대해, 단골 가게에서 엄청난 대접을 받았던 일에 대해, 프랑스인 남자가 얼마나 멋있는지에 대해, 그리고 일본인들 흥….

유코가 감탄사를 내거나 그녀의 센스를 칭찬이라도 하면, 시오리의 감정은 더 고조됐다. 머릿속에 작은 복어를 떠올렸다. 위협하기 위해 전신을 빵빵하게 부풀리고 있는 새끼 복어.

바보 같다고 속으로 비웃는 것은 간단했다. 그러나 그녀는 유코와 많이 닮았다. 돈도 되지 않는 일을 수락해서, 친구들에게 자랑처럼 '파리에 간다'고 알렸다. 시오리가 파리에서 프랑스어를 공부하는 것도, 유코가 여기에 취재를 온 것도 특별히 칭찬받을 만한 위업이 아니었다. 그저 각자 원하는 걸 하고 있을 뿐이었다. 바보 취급당할 일은 아니되, 자랑으로 여길 만한 것도 아니었다. 그런데도 제멋대로 그것을 자랑스럽다고 여기면서 다른 사람보다 위에 선 듯한 기분이 되었다.

메리가 나를 싫어하게 된 것도 당연할지 몰라. 여기에서 태어나고 자란 메리에게는 유코의 그런 허세가 다 보였는지도 모른다. 시오리가 그 사실을 알아차리지 못한 채 들떠 있는 건, 아직 젊고 미래가 있어서였다. 반면 유코가 현실을 알아차릴 수 있었던 건, 발아래가 무너지기 시작했기 때문이었다.

다음에 일로 파리에 다시 오게 될지 아닐지 알 수는 없다. 시오리가 말한 것처럼 애초 유코에게 의뢰하는 것보다 효율적인 적임자가 있을 것이다. 작정하고 시오리에게 물었다.

"계속 파리에 있을 거예요? 여기서 일을 찾을 생각이고?"

들리는 이야기로는 간단한 일이 아니라고 했다. 사람도 많고 집세도 비싸다. 파리에서 일하고 싶은 사람이 워낙 많으니, 취업 비자를 받기도 힘들다고 했다.

"지금은 남자친구와 살고 있어요. 결혼할지도…."

그렇다면 곤란할 일은 없을지도 모른다. 조금 부러워졌다.

시오리가 갑자기 목소리를 낮췄다.

"프리랜서 작가라는 거 어떻게 하면 할 수 있나요? 저도 해보고 싶은데요. 유코 씨는 어떻게 작가가 되셨어요?"

"나는 처음에 광고회사에 들어갔다가 거기서 독립했는데."

"제가 일을 받는 건, 아무래도 어렵겠지요?"

"으음, 나도 간당간당한 상태니까. 그 작가 지인에게 물어보면 어떨까요?"

약간 못됐다고 생각하면서도 그렇게 말했다. 유코 역시 벼랑 끝에서 버티는 상황이다. 사람을 소개할 만한 입장은 아니었다.

"부탁했다가 거절당했어요. 파리 주재 작가도 포화상태니까 일찌감치 포기하는 게 좋을 거라면서. 아마 라이벌이 늘어나는 게 싫어서인 듯해요."

파리에 살면서 쓰는 게 가능하다면 얼마나 좋을까. 계속 그렇게 생각했는데 그녀의 한마디로 마음이 쪼그라들었다.

맞다. 일본에서 하는 임대정보지의 일 같은 건 여기서는 할 수가 없다. 일은 지금보다 더 한정적이다. 정말로 실력이 있는 사람이거나 다른 부업이 있는 사람만이 이곳에서 살아남을 것이다.

"일단 블로그라도 시작해보면 어때요? 인기 블로거가 되면 매체로부터 의뢰가 들어오기도 하니까."

누구나 할 수 있는 조언. 그러나 가능성 제로는 아니다. 그녀에게 문장력이 있다면 꿈이 이루어질 수도 있다. 시오리는 신기하고 오묘한 얼굴로 끄덕였다.

"해보겠습니다."

호텔로 돌아와 침대에 쓰러졌다. 너무 피곤해서 빨리 돌아가고 싶은 기분조차 들었다. 지금까지 이런 일은 한 번도 없었는데.

돈이 없어도, 추운 계절에도 파리는 유코를 환영해 준다고 생각했다. 스쳐 지나치는 아름다운 사람들과 맛있는 케이크와 크루아상, 점잖 빼는 듯하다가 갑자기 친절한 얼굴을 보이는 거리.

지금은 아니다. 이 도시가 차갑다고 말하는 사람의 기분이 처음으로 공감되었다. 이 거리에서 환영받는 대상은 자신감을 가진 사람들뿐이다. 돈 있는 사람들, 재능 있는 사람들, 아름다운 사람들, 젊은 사람들, 당장 가진 게 없어도 희망을 품은 사람들. 아무것도 갖지 않았다는 사실을 알아차리고, 젊음도 희망도 잃어가는 인간에게 이 거리는 돌연 싸늘해진다.

침대에서 턱을 받치고, 빌려 온 파란색 캐리어를 보았다.

처음 마미가 플리마켓에서 이 캐리어를 사 오던 때는 좀 더 깨끗한 새 제품이었는데, 이제는 여기저기 잔 상처가 많이 생겼다. 생각해 보면 불과 4개월 사이에 이 캐리어는 네 번의 여행을 떠났다. 마미와 함께 뉴욕에 갔고, 하나에와 홍콩을, 유리카와 아부다비에, 그리고 유코와 함께 파리까지 왔다. 단순 계산으로도 지구 한 바퀴보다 더 먼 거리를 이동한 셈이다.

상처가 날 만도 하지.

그렇게 생각하며 웃었다. 유코도 똑같은지 모른다. 몸도 마음도 작은 상처들이 늘고 있다. 복구하는 것은 어렵고 점점 헌 것이 되어간다. 어디에도 가져가지 않았으면 이 캐리어도 깨끗한 채로 남아있었겠지.

"그러면 캐리어로서 의미가 없잖아."

혼자 큰 소리로 말했다. 이 캐리어와 같은 거야. 앞으로 크고 작은 상처가 생기고, 바퀴가 떨어지거나 뚜껑이 안 닫히게 될지도 모른다. 새하얀 공단 안감도 누렇게 변하고 찢기기도 할 테지. 그러나, 그럼에도 캐리어는 여행을 할 때 제 가치를 발휘한다. 장식품 같은 파티 핸드백이 아니라 혹사당하는 캐리어 같은 인생이 훨씬 자신과 어울렸다. 유코는 살짝 손을 뻗어 캐리어를 어루만졌다. 자신의 것이 아닌데, 자기 자신처럼 느껴졌다.

얼굴을 씻고, 메리에게 문자를 보냈다.

'지금 파리에 와 있어. 너를 못 만나서 아쉬워. 다음에 오면 만

나서 이야기를 했으면 좋겠어.'

만약 메리가 유코에게 질려 버려서 만나기 싫다면, 의미 없는 회신이 올 것이다. 그거라도 좋다. 그걸로 포기할 수 있으니까. 메리와 함께한 시간은 즐거웠다. 일년에 한 번밖에 못 만나도, 친구라고 믿고 있었다. 문자를 보내고 나니 어딘가 후련했다. 고통스럽게 고민하기보다 빨리 이렇게 할 걸 그랬다.

샤워하고 드라이어로 머리를 말리고 있을 때 핸드폰이 울렸다. 화면을 보고 놀랐다. 메리였다. 전화를 받으니, 그리운 프랑스 억양의 영어가 들렸다.

"유코, 오랜만이야. 지금 파리 있어?"

"응. 메리는? 몰타에 간다고 하지 않았어?"

"갑자기 일정이 변경됐어. 소피 엄마가 아파서 바캉스를 갈 수가 없었어…."

아, 그런 거였구나. 가슴을 쓸어내리는 동시에 울고 싶은 마음이 들었다. 나를 싫어하는 것도, 거절당한 것도 아니었다.

"언제까지 머물 거야?"

"목요일까지. 그런데 목요일은 귀국해야 하니까 만날 수 있는 시간은 내일이나 모레쯤…."

"그럼 내일 만나자. 식사가 좋아? 아니면 클럽?"

"클럽이 좋아. 취재하느라 아침부터 저녁까지 먹기만 해서."

오늘 쿠스쿠스도 남기는 바람에 셰프에게 많이 미안했다. 내일 저녁, 처음 만났던 오베르캄프의 클럽에서 만나기로 했다.

다음 날 취재는 순조롭게 진행되었다. 열 군데는 무리였지만, 여덟 개 가게를 효율적으로 돌아다닐 수 있었다. 시오리가 알려 준 가게는 일본에는 잘 알려지지 않았지만, 감동할 만큼 맛있었다. 외관도 귀여워서 특집 메인으로 다뤄도 좋을 듯했다.

호텔에서 잠시 휴식을 취한 뒤 밤 9시에 호텔을 나섰다. 택시로 클럽 앞까지 달렸다. 시끄러운 음악과 북적대는 사람들. 어딘가 일본인과는 다른 땀 냄새를 느끼며 가게 안으로 들어가니, 2층에서 메리가 손을 흔들었다. 소피도 있었다.

마실 것을 산 후, 2층으로 향했다. 음향 때문에 2층이 약간은 조용해서 편하게 이야기할 수 있을 듯했다.

"유코!"

허그와 함께 볼에 가볍게 키스. 일본인으로서는 살짝 노력하지 않으면 할 수 없는 인사지만, 피부가 닿는 것은 마음도 다가갈 수 있다는 걸 의미한다. 영어로 근황을 한참이나 주고받았다. 메리는 종종 소피에게 대화 내용을 통역해 주었다.

소피가 갑자기 일어났다.

"춤추고 올게. 나중에 봐."

그녀가 유코의 볼에 키스했다. 소피가 그렇게 한 건 처음이어서 살짝 당황했다. 소피는 그대로 경쾌하게 계단을 내려갔다. 왜 그런지 메리가 큭큭 웃었다.

"소피는 질투가 많아."

"질투?"

"응. 유코에게 질투하고 있는 거야."

"왜 나에게?"

여자들 사이에도 질투와 독점욕은 있다. 그러나 일본인 여고생도 아닌 어른 프랑스 여성이 그런 마음을 갖기도 하는구나. 메리는 장난스럽게 계속 웃었다. 그 웃음으로 알아차렸다.

"소피가 애인이야?"

"응."

"혹시, 클라라도?"

"그래."

전혀 눈치채지 못한 자신이 한심했다. 작년에도 같은 집에서 일주일간 지냈는데. 메리는 턱을 받쳤다.

"일본인은 보수직이라고 들어서 말하기 살짝 어려웠어. 그런데 내가 분명하게 말하지 않아서 소피가 화를 냈지. 내가 유코를 좋아하는 건 아닌가 의심해서 말이야."

설마, 그럴 일은 없다. 아무리 유코가 여유롭게 머물고 있었다 해도, 그런 거라면 공기로 눈치챘을 텐데….

"그래서 앞으로도 유코를 만나거나 집에 초대할 때는 그 조건으로 분명히 알려줘야 한다는 명령을 받았어."

명령이란 말은 농담이겠지. 그러나 메리는 여전히 유코와 친구로 지내고 싶어한다. 한 번 불안했던 탓에 가슴이 뜨거워졌다.

"이야기해 줘서 기뻐."

"지금은 소피의 엄마가 유방암으로 투병 중이라서 뒤로 미뤘지만, 결혼할 생각이야."

프랑스에서는 동성혼이 합법이라고 들었다. 유코는 메리의 뺨에 키스했다.

"축하해. 소피에게도 축하한다고 말해주고 싶어."

"결혼식에 와 줄 거야?"

"물론이지. 무슨 일이 있어도 던지고 올게."

친구가 행복해지는 것보다 좋은 일이 있을까. 2층에서 내려다보니 소피가 이쪽을 향해 손을 흔들고 있었다. 유코도 손을 흔들었다. 다음 파리 방문은 일을 위한 게 아닐지도 모르겠다. 그러나 그럼에도, 이 도시와 연결고리는 사라지지 않는구나.

유코는 생각했다. 설령 낡고 너덜너덜해지는 한이 있더라도, 여행용 캐리어는 파티 핸드백보다는 훨씬 더 다양한 풍경을 볼 수가 있을 거라고.

5화

사랑보다 조금 쓸쓸한

휴대폰 진동음에 눈이 떠졌다.

반은 졸음 속에 몸이 잠긴 채 로보트처럼 전화를 받았다.

"느에~~."

늘어지는 소리로 대답했지만, 돌아온 저쪽의 대답은 터질듯한 목소리였다.

"시오리 짱, 잘 지냈어?"

한 마디만 듣고도 알 수 있었다. 사촌 언니 하나에다. 시계를 보니 아침 8시 반. 일본은 지금 몇 시일까? 멍하니 생각해 본다. 지금은 서머타임이라 7시간 차이니까 15시 반. 아무 생각 없이 이곳 시간 새벽 5시에 전화를 걸어대는 엄마를 생각하면, 그나마 시차를 고려한 셈이다. 나카노 시오리가 야행성이라는 문제를 제외하면. 굼뜬 목소리에 하나에가 물었다.

"아직 자?"

"지금 일어났어…"

자고 있었다고 해도 잔다고 대답하는 사람은 없을 것이다.

"미안. 학교에 갔을 줄 알았는데. 밤에 걸기는 좀 그러니까…"

맞다. 여기가 17시면 일본은 밤 12시. 일본에서는 심야에 자주 전화하던 친구들조차 메신저 통화마저 어렵다.

천천히 침대에서 일어나 앉았다. 거울에 비친 자신의 모습은 머리털이 여기저기 뻗쳐서, 깡마른 원숭이 같았다.

"유코와 만났지? 시간 내줘서 고마워."

"아니야. 밥도 사주셨어."

연상이지만 꼰대 같이 말하지 않았고, 머리가 좋아 보이는 사람이었다. 작가라는 직업도 멋있고 부러웠다. 나도 모르게 콤플렉스를 느껴서, 살짝 기분 나쁘게 행동했는지도 모른다.

"있잖아. 그래서, 부탁이 있는데."

이번에는 침대에 엎드려서 휴대폰을 귀에 갖다 댔다.

"뭔데?"

친척은 다 싫은데, 하나에만큼은 좋아한다. 조용하지만, 자신을 분명히 표현하고 있다는 생각이 든다. 하나에의 부탁이라면 들어줄 수 있다.

"유코의 캐리어가 없어졌대."

"어?"

유코와 만난 지 일주일이 지났다. 그녀는 이미 일본으로 돌아갔을 텐데.

"파리에서 돌아오는 날, 체크아웃하고는 호텔에 짐을 맡기고 한 시간쯤 쇼핑하고 돌아오니, 캐리어가 없어졌더래. 호텔 투숙객이 잘못 가져갔는지, 도둑맞았는지 모르겠다고…."

세상에 그런 불운이.

"그렇다면 호텔에서 변상을 해줘야 하는 거 아냐? 객실 내에서 없어진 게 아니니까 호텔 책임이잖아."

"맞는 말이지. 그런데 호텔은 전혀 변상할 마음이 없는지 뭉그적대기만 하고, 출발 시간이 다 되어서 어쩔 수 없이 돌아왔다는 거야."

프랑스에서는 종종 있는 일이다. 하지만 시오리에게 보상금 협상을 하라는 건가. 그건 좀 곤란한데.

"여행자 보험에 들어있어서 피해보상은 되는 것 같은데, 그 캐리어 유코가 친구에게 빌린 거거든. 비싼 건 아니고 그 친구도 상관없다고는 하는데, 유코가 좀 책임감이 강해서 말야."

"흐음…."

"호텔에는 분실신고를 하고 왔는데, 혹시 발견되면 시오리 짱에게 연락하도록 해도 괜찮을까? 연락처가 일본이면 소홀해도 괜찮다고 여겨서 호텔 측이 대충 처리하지 않을까 싶어서…"

"만약 찾으면 어떻게 해?"

"호텔에 부탁해서 일본으로 보내주도록 하면 좋겠지만, 그게 힘들면 유코가 운송료를 낼 기라고 했어."

파리에는 일본인 택배업자도 있다. 거기서 보내는 거라면 시오리도 할 수 있다.

"미안해, 귀찮은 일 부탁해서."

"아니야. 그 정도라면 뭐."

대단한 일도 아니다. 찾지 못한다면 시오리에게 연락 올 일도 없을 테고, 못 찾을 가능성이 훨씬 높다. 여기는 일본과 다르다.

전화를 끊고 창밖을 바라보았다. 10월의 파리. 5월만큼은 아니지만 좋은 계절이다. 너무 춥지 않고, 전시회나 파리컬렉션 등이 개최되는 시즌이라 거리는 활기가 넘치고 환해진다.

여름은 싫다. 관광객으로 넘쳐나는 바람에 파리가 파리가 아니게 된다. 일본인과 중국인 관광그룹만 봐도 질린다. 언젠가 '라 뒤레'에서 차를 마시고 있는데 그룹 관광으로 온 일본인 여자가 "뭐야. 온통 일본인들뿐이잖아."라고 목소리를 높였다. 바보 같다고 생각했다. 이 가게를 일본인투성이로 만든 장본인이 바로 당신들이잖아.

빨리 겨울이 오면 좋겠다. 겨울이 되면 관광객은 급감한다. 크리스마스부터 1월 중순까지 살짝 늘어나지만, 그 시기에는 시오리도 일본에 가니까 아무래도 상관없다.

이 시기에는 오후 5시를 지나면 깜깜해지고 급격히 쌀쌀해진다. 다운재킷을 입어도 추울 정도다. 길을 가는 사람들은 대부분 감기에 걸려서 코를 풀어댄다. 그럼에도 시오리는 겨울이 좋다. 이 도시의 봄과 여름은 어딘가로 멀리 가 있는 듯한 얼굴을 한다. 겨울은 시오리 같은 잡초들에게 상냥하다.

욕실에서 얼굴을 씻고, 뻗친 머리를 적셔 드라이했다. 특별한 계획은 없다. 학교는 반년 전에 그만뒀다. 의기양양하게 일본에서 돈을 모아 올라탄 파리행 비행기. 어학교 수업은 따라갈 수가 없었다. 대화는 대충 가능해졌지만, 수업에서는 항상 발음을 지적받았다. 어휘 활용과 스펠링도 자꾸 틀렸다. 간신히 중급 클래스까지는 따라갔으나 상급 클래스 시험에서 여러 번 떨어졌다. 그러다 보니 계속하고 싶은 마음이 푹 꺼져버렸다.

어학교에는 일본인과 한국인, 중국인이 대다수였다. 그 가운데서도 일본인이 가장 많은 탓에 학교에서 이야기하는 대상은 항상 일본인이었다. 일본에서 프랑스어 학교에 다니는 것과 조금도 다르지 않았다.

프랑스어 자체를 하고 싶지 않은 건 아니었다. 함께 지내는 에릭과 그 가족들과는 프랑스어로 이야기할 수 있고, TV를 봐도 거의 다 알아들을 수 있었다. 그럼에도 활용과 스펠링은 일부러 외워야 하는 문제라 귀찮았다. 스펠링 같은 거, 문자나 편지를 보낼 때 사전을 찾으면 되고 활용이야 틀려도 말은 잘 통한다.

마리 앙투아네트를 알현하듯 훌륭한 프랑스어를 구사해야만 하는 것이 아니다.

에릭의 집에 들어가면서 시오리는 학교를 관뒀다. 그때부터 특별히 하는 일 없이 거리를 돌아다니고 있다. 파리에 온 지 이제 곧 일년이 된다. 관광 비자 기간이 끝나가서 기간연장을 신청했는데 어떻게 될지 모른다. 일본에 돌아갈 생각은 없다. 일본은 시오리에게는 맞지 않는다.

심각할 정도로 몰려다니는 친구들도, 남자에게 빌붙을 생각만 하는 또래 여자들도 다 시답잖다. 대학을 졸업한 뒤 2년간 직장생활을 했다. 하지만 끝나지 않는 회식 자리에 끌려다니며 시간을 낭비하는 것을 더는 참기가 힘들었다.

대단한 일도 아닌데 잔업하는 것이 당연했고, 열심히 일하고 정시에 퇴근할라치면 상사에게 한 소리를 들어야 했다. 아무리 청결해도 화장하지 않으면 '사회인으로서 자각이 없다'는 쓴소리를 들었고, 한여름에도 스타킹을 신어야 했다. 생각만 해도 숨이 막힌다. 시오리는 피부가 약하다. 민감성 피부용 파운데이션을 사용해도 얼굴이 벌겋게 붓고 가려워지며, 스타킹을 신으면 습진이 생긴다.

파리에서는 그런 걸 강요하는 사람이 없다. 자신의 시간은 자기 하고 싶은 일에 사용하면 된다. 타인의 옷차림에 이렇다저렇다 참견하는 사람도 없다. 여성에게 술을 따르게 하는 일도 없다.

파리에 와서야 숨을 쉴 수 있을 것 같았다. 그래서 돌아가고 싶지 않다. 여기서 계속 살고 싶다. 학교를 그만뒀다고 하면 부모님은 더 이상 체류를 허락하지 않을 것이다. 남자와 함께 살고 있다고 해도 마찬가지다. 그래서 부모님에게 알려지기 전에 뭔가 가능한 일을 찾아야만 한다.

관광 비자로도 일본에서 보수를 받는 일은 할 수 있다. 예를 들면 파리의 사진을 찍는 포토그래퍼나 가이드북의 작가 같은 직업. 사진도 글도 잘할 자신이 있지만, 그런 일을 어떻게 찾아야

할지 모르겠다. 일본인 모임에서 알게 된 프로 포토그래퍼에게 그런 속내를 털어놨다가 비웃음만 산 적이 있다.

"사진 같은 거, 셔터를 누르기만 하면 찍힌다고 생각하는 거 아니야?"

그렇게 생각하지는 않지만, 매우 불쾌했다. 그에게 더는 묻고 싶지 않았다.

할 수 없다. 그런 사람들에게 신규 진입자들은 라이벌 같은 존재다. 일자리가 한정되어 있으니, 사람이 늘어나면 자신들의 일이 줄어든다. 친절하게 알려주지 않는 것도 이해할 수 있다.

가장 가능성이 높고 부모님도 용서해 줄 것 같은 방법은 에릭과 결혼하는 것이다. 올해 여름 휴가 때는 에릭의 고향인 툴루즈에 힘께 가서 1개월긴 그의 집에 머물렀다. 그의 부모님도 정말 잘 대해주셨다.

그는 서른일곱 살로 연상이니까, 슬슬 결혼하고 싶다고 생각하지 않을까. 보통은 에릭 집에서 가사 일을 하거나 파리 거리를 산책하며 일상을 보내고 있다. 집세와 생활비는 에릭이 내지만, 저축한 돈은 조금씩 줄어들고 있다. 수입이 아예 없는 현실은 역시 힘들다. 뭐라도 해서 돈을 벌어야 한다. 생각은 늘 거기서 막다른 지점에 부딪힌다. 그러면, 어떻게 해서?

혹시나 싶어 유코가 묵었던 호텔에 가보기로 했다. 간다고 해서 캐리어가 바로 나올 리 없겠지만, 재촉해두는 것이 더 나을지도 모른다. 프랑스에서는 자기주장을 하는 것과 하지 않는 것으로 결과가 크게 달라진다. 소극적으로 대응해서 좋을 일이 없다.

하나에에게 들은 호텔은 서안의 5구로, 에릭의 아파르망이 있는 13구와는 그리 멀지 않다. 메트로를 탈 것도 없이 자전거로 가기로 했다.

도쿄와 비교해 봐도 파리는 작은 도시다. 야마노테선 안쪽에 쏙 들어올 정도다. 돌로 된 길이라 달리기 힘든 것만 빼면, 자전거나 롤러블레이드로 이동하기 딱 좋은 사이즈라 할 수 있다.

시오리에게 이 자전거를 준 것은 같은 어학교에 다녔던 일본인이다. 오전에는 학교에 다니고, 오후에는 파리 호텔에서 연수를 받던 여성으로, 바로 상급반으로 진급해 졸업하더니 지난달 귀국했다. 본래 영어도 잘하고 기초 어학에 차이가 있다는 걸 알았지만, 그럼에도 자신의 한심스러움을 일깨워준 사람이다.

"돌아가면 뭐 할 거야? 호텔에라도 취직하는 거야?"

그렇게 묻자 그녀는 환하게 웃었다.

"우리 집이 료칸을 해. 돌아가면 거기서 일할 거야."

진심으로 부러웠다. 그녀에게는 돌아갈 곳이 있었다. 본가니까 일년 정도 쉬며 공부한다고 해서 갈 곳이 사라지지도 않는다.

시오리가 돌아갈 곳은 일본에 없다. 생각할수록 답답해져서 자전거를 세게 밟았다. 일본에는 부모님이 있고, 파리에는 연인이 있다. 그것만으로 자신이 머물 곳이라 확신할 수 있을까. 에릭과는 결혼한 것도 아니다.

에릭은 어학교 근처에서 바이크숍을 운영한다. 둘은 학교 근처 카페에서 만나 사귀게 되었다. 그와의 관계에 불안이 없는 것도 아니다. 그는 지금까지 여러 번 어학교에 다니는 일본인 여자들과 사귄 적이 있었다. 시오리 역시 기간 한정 놀이 대상인지도 모른다. 그래도 부모님과 친구들에게 소개했고 지금은 함께 살면서 집세와 관리비 등을 부담하고 있다. 지난 일들이야 그렇다고 치고, 그는 성실한 편이다. 기왕이면 에릭 쪽에서 결혼 이야기를 꺼내주면 좋을 텐데.

페달을 너무 힘차게 밟은 탓에 호텔에 금방 도착해 버렸다. 가족경영을 하는 듯한 작은 호텔이었다. 거대한 체인과 달리 이런 호텔의 성실함은 오너 가족의 성격에 따라 크게 달라진다.

프런트에 있던 금발 여성에게 말을 걸었다. 미담 시외의 케리어에 대해 물어보고 싶다고 말하자 이야기가 금방 통했다. 아무래도 이 호텔에서는 체크아웃 후 호텔 쪽에 짐을 맡긴 게 아니라, 유코가 로비에 그냥 두었다는 인식을 어필하는 듯했다.

오늘도 로비에는 투숙객의 짐인 듯한 캐리어가 여러 개 보였다. 맡아두었다는 증서도 없고, 언제나 직원이 로비에 상주하는 것도 아니다. 멋대로 끌고 나가도 어쩔 수가 없다. 프런트 여성도 '자신들의 과실이 아니라, 캐리어를 가져간 사람이 나쁘다'는 태도를 굽히지 않았다. 일본인 감각으로는 이해가 되지 않았다.

"도난계를 제출하고, 그 신청서를 마담 사와의 주소로 보냈으니까, 그걸로 보험을 신청하면 돼요."

자기 일은 아니지만 살짝 화가 났다.

"그녀에게는 추억이 깃든 소중한 캐리어라고 했어. 돈의 문제가 아니라고."

"그건 유감이지만. 어쩔 수가 없으니까."

가볍게 그런 대답이 돌아와서 힘이 빠졌다.

"어쨌든 찾으면 당신에게 연락할게."

이야기를 끝내기 위해 그녀는 그렇게 말했다. 일년쯤 파리에서 살았다고 해서, 프랑스인에게 덤빌 정도로 담력이 세진 건 아니다. 강조하듯 연락처를 다시 한번 전달하고 호텔을 나왔다.

신경질을 쏟아내듯 자전거 페달을 밟아 달렸다.

알고 있다. 일본과 파리는 노동에 대한 개념이 다르다. 만약 유코가 묵은 곳이 고급 호텔이었다면, 짐을 맡았다는 증서를 발급했을 것이고, 사람들이 맘대로 들어 올 수 없는 곳에 캐리어를 두었을 것이다. 그런 호텔에서 짐이 없어졌다면, 종업원과 호텔 오너는 마땅히 머리를 숙여야 한다. 그러자면 관리 인력이 필요하다. 아까 호텔은 저렴한 대신 그만큼 관리를 하지 않았을 것이다. 서비스와 비용은 밀접한 관계가 있다. 저렴한 비즈니스 호텔에서도 서비스만큼은 철저한 일본과는 다르다.

그 현실을 잘 알면서도 기분은 끝내 유쾌하지 않았다.

신경질이 나서 정신이 산만해진 탓인지, 골목에서 여자아이가 튀어나왔을 때 브레이크를 잡는 게 늦어버렸다. 비명이 나왔다. 시오리도 자전거와 함께 넘어져서 돌길에 나가떨어졌다.

"야아! 나미, 괜찮아?"

천천히 일어났다. 손바닥이 벗겨지고 허리를 찍혔지만, 움직이지 못할 정도는 아니었다. 일본어가 들려왔다는 사실을 알아차린 건 손바닥을 털며 일어나려던 때였다. 일본인 여자였다. 세 명이 서 있고, 한 명이 넘어져 있었다.

시오리는 서둘러 일어났다.

"괘, 괜찮아요?"

아직 20대 초반일까. 아무리 봐도 젊다. 다가가니 서 있는 여자들이 얼굴을 바라다봤다.

"일본 사람?"

고개를 끄덕이며 넘어진 여자를 안아 일으켰다.

"괜찮아요. 살짝 발목을 삔 것 같긴 하지만…."

그녀는 명확하게 말했다. 조금 안심했다. 머리를 찍혀서 의식이 없다거나 하는 불상사가 일어난다면 큰일이다.

"일단 병원에 가요."

휴대폰을 주머니에서 꺼내 택시회사에 전화를 걸었다.

다친 여자는 시마바라 나미라고 했다. 대학생이고 친구들과 함께 파리 여행을 온 듯했다. 프랑스에 주재하는 일본인과 관광으로 온 일본인은 분명하게 복장이 다르다. 관광객의 옷차림은 화려하고 화사하다.

택시에 탈 때 친구들이 함께 타려고 했지만 나미는 분명히 거절했다.

"괜찮아. 머리도 괜찮고 골절도 아니야. 그러니까 모두 관광하고 있어. 파리까지 왔는데 시간이 아깝잖아."

그녀가 명확하게 의사를 표현하는 것을 보며 시오리도 안심했다. 병원에서 진찰한 결과 다친 곳은 왼쪽 발목을 삔 것이 다였다. 가슴을 쓸어내렸다.

치료비는 시오리가 낼 생각이었는데, 나미는 여행자 보험이 있다며 한사코 거절했다. 테이핑하고 파스 약을 받았다. 계산을 기다리는 동안 이야기를 나눴다.

"여행하러 오셨는데, 이런 일을 겪게 해서 죄송합니다."

"어쩔 수 없는 일이죠. 운이 나빴다고 생각하지만, 골절이 아니어서 또 다행이에요."

"앞으로 얼마나 파리에 계시나요?"

"내일모레 돌아갑니다. 그러니까 앞으로 하루 남았어요. 첫날이 아니라서 다행이에요."

총 6일간의 투어로 왔다고 그녀는 말했다. 한나절 시내 관광과 한나절 베르사유 궁전 관광에 따라간 후 사흘간 자유여행.

미안한 마음이 들었다. 시오리의 부주의로 오늘 하루를 망쳐버렸다. 내일도 다리를 다쳐서 자유롭게 돌아다니지 못할 것이다. 학생 신분으로 택시도 빌릴 수 없을 터였다.

시오리의 표정을 보더니 나미는 억지로 미소를 지었다.

"괜찮아요. 시내 관광 때 개선문도, 에펠탑도, 노트르담 성당도 다 봤어요. 어제는 루브르와 오르세 미술관도 갔고요. 가고 싶은 곳은 이미 다 봤어요."

가슴이 찡하고 아파졌다. 그녀가 만약 앞으로도 여러 번 파리를 방문한다면 하루 반 낭비는 큰일이 아니다. 그러나 이번 여행이 그녀에게는 최초이자 마지막 파리 방문일지도 모른다.

관광객에게 호감을 가진 적은 없었다. 항상 길 한가운데 지도를 펼치고 있거나 몰려다니며 고급 명품 가게와 갤러리 라파예트를 걷는 일본인은 정말 싫었다.

하지만 자신의 부주의로 인해 그녀의 여행 추억이 최악이 된다는 것은 슬프다.

"특별히 가고 싶은 곳이 있었던 거 아닌가요?"

나미는 살짝 고개를 갸우뚱했다.

"날씨가 나빠지면 못가니까 보고 싶은 곳은 이미 다 봤어요. 그래서 내일은 파리를 여유롭게 산책하고 싶다고 생각했어요."

시오리의 머리에 불쑥 생각이 떠올랐다.

"있잖아, 바이크 뒤에 타 본 적 있어요?"

그렇게 묻자 나미의 눈이 동그래졌다.

다음 날 소파에서 신문을 읽고 있던 에릭에게 물었다.

"오늘 바이크 빌려도 될까?"

그는 신문에서 얼굴을 들지 않고 말했다.

"괜찮아. 가와사키와 야마하 어느 거?"

혼자서 타는 거라면 어느 것이든 상관없지만, 오늘은 둘이 타야 한다. 야마하 빅스쿠터가 좋다. 자동 이륜 면허도 갖고 있다.

"야마하."

오늘 에릭 가게는 휴일이다.

"늦게 돌아올 것 같아. 일본에서 온 친구와 만나거든."

"알았어. 즐겁게 놀다 와."

에릭이 아침 키스를 했다. 주름은 조금 많아도 입체감 있는 얼굴에 녹색의 예쁜 눈을 하고 있다. 머리카락은 살짝 숱이 빠졌어도 아직 제 나이로 보인다.

그를 좋아한다. 그러나 종종 생각한다. 만약 그가 일본인이고 일본에서 만났다면 좋아할 수 있었을까. 논쟁을 좋아하고 매사 귀찮아하는 타입에다 성적 농담을 즐긴다. 결점이 없는 것은 아니지만 상냥하고 시오리를 소중하게 대해준다.

그러나 만약 그가 열 살 연상의 일본인이라면, 아마도 좋아하지 않았을 것이다. 파리에 있고 싶다는 시오리의 욕망이 그를 향한 애정에 꽤 많이 혼입되어 있었다.

그렇지만 욕망이 섞이지 않은 사랑 같은 거 정말로 있을까. 성욕과 사랑은 분리되지 않으며, 아름다운 이성을 애인으로 두고 싶은 마음도, 성실하고 바람을 피우지 않을 것 같은 사람을 선택하고 싶은 마음도 틀림없는 욕망이다. 결혼 상대에게 안정된 직업과 경제력을 요구하는 것도 다르지 않다.

헬멧을 두 개 들고 집을 나섰다. 빅스쿠터를 타고, 나미가 머물고 있는 호텔로 향했다. 호텔 로비에 나미가 데님과 운동화 차림으로 기다리고 있었다.

"많이 기다렸어요?. 친구들은 벌써 외출했나요?"

"네, 쇼핑한다고요. 산드로라고 했던가…"

명품 아울렛이다.

"가지 않아도 돼요? 거기 들러도 좋은데."

그렇게 말하자 나미는 고개를 가로저었다.

"그 애들은 돈이 많으니까. 저는 처음부터 쇼핑하는 날은 따로 다니려고 생각했거든요."

그렇게 말하더니 혓바닥을 살짝 내밀었다.

"파리에 함께 오는 것만으로도 힘들었는데요, 꼭 한번 와보고 싶어서 아르바이트를 열심히 해 투어 비용을 벌었어요."

"그랬군요…"

그렇다면 마지막 날인 오늘을 그녀에게 선물 같은 하루로 만들어 주고 싶다. 헬멧을 쓰고 뒤에 탄 나미에게 물었다.

"어디 가고 싶어요?"

"몽마르트르 언덕. '아멜리에'를 너무 좋아하거든요."

다른 곳에서 들었다면 콧방귀를 뀌었을 텐데. 그래도 이제는 안다. 그녀는 파리를 동경하여 열심히 아르바이트해서 여기까지 왔다. 몽마르트르를 향해 스쿠터를 달렸다.

서안에서 생루이섬을 가로지르고 시테섬을 지나 센 강변을 달렸다. 최단거리가 아니라, 가능한 파리다운 경치를 보여주면서. 등 뒤에서 환성이 들렸다. 왠지 연인과 텐덤을 타는 남자가 된 듯 뿌듯한 기분이었다. 파사주를 보여주고 싶어서 갤러리 비비엔 앞에 바이크를 세웠다.

"천천히 걸어서 건너편까지 오면 돼요. 반대편 출구에서 기다리고 있을 테니까."

파사주는 유리 지붕으로 덮인 아케이드로, 18세기 파리의 정취가 고스란히 간직된 아름다운 길이다. 좁은 길이지만 오토바이는 다닐 수 없다. 갤러리 비비엔은 가장 오래된 파사주로 타일과 천정의 장식까지 아름답다. 반대편으로 바이크를 이동해 기다리고 있는데, 눈을 한껏 반짝이며 나미가 나왔다.

"마치 꿈속처럼 아름다워요! 너무 멋있어요."

그 말만으로 가슴이 뜨거워졌다. 그래, 이 거리는 꿈결처럼 아름답지. 그래서 여기가 좋다.

영화 '아멜리에'의 무대가 된 카페에서 나미와 차를 마셨다. 사크레퀴르 대성당은 시내 관광으로 봤다고 해서 언덕을 올라가지 않았다.

"파리에 살고 계신 거죠? 멋져요."

황홀한 표정으로 말하는 나미에게 쓴웃음을 지었다.

"빈둥거리고 있을 뿐이죠. 앞으로 어떻게 해야 할지 빨리 결정해야 하는데 말이야."

파리에서 일을 찾을 수 있으면 다행이다. 하지만 찾지 못하면 어떻게 될까.

"일본에는 돌아가지 않을 건가요?"

그 질문을 받자 할 말이 없었다. 돌아가야 할까. 못 본 척 외면하고 있지만, 그 선택지는 항상 시오리 곁에 있었다. 들은 적이 있다. 일본에서 죄를 범하고 해외로 도피해도 해외에 있는 기간은 공소시효에 포함되지 않는다고.

해외에 머무는 동안은 시곗바늘이 멈춰 있는 셈이다. 그리고 일본으로 돌아가면 다시 움직이기 시작한다. 시오리의 시곗바늘은 멈춰 있는 상태다. 이 도시에 무엇도 남겨두지 않았고, 자신 안에 아무것도 새기지 못했다. 에릭에게 버려지면 내일부터 길거리를 헤매야 한다.

그런데도 가슴을 펴고 파리에서 산다고 말할 수 있을까? 더는 생각하고 싶지 않아서 시오리는 화제를 바꿨다.

"대학생이라고 했는데, 몇 학년?"

"4학년이에요. 곧 졸업이죠."

졸업여행 같은 거였나. 그렇다면 좀 이르다. 시오리 때는 2월에 졸업여행을 갔다.

"저 3월부터 연수 들어가요. 2월엔 파리가 추우니까…"

그랬구나. 2월의 파리는 극한이라고 해도 좋다.

"3월부터 연수 들어가야 하면, 마음이 좀 복잡하겠어요. 이번이 마지막 긴 휴가일 텐데."

그렇게 말하자 나미는 조금 슬픈 듯 미소 지었다.

"일하기 시작하면, 이렇게 오래 휴가를 쓰고 여행을 하는 건 쉽지 않겠지요."

숨이 막힌다. 그렇게 일하는 사람들이 훨씬 많다.

"간호사가 될 거예요. 취업한 병원은 시골이고 인원이 적어서 바쁘니까 길게 휴가를 내기는 어려울 거예요. 이런 장기 여행 같은 거, 아마 이제는 노후의 즐거움이 되지 않을까요?"

대답할 수가 없었다. 한때는 그런 삶이 징글징글하다고 생각했다. 그러나 지금 왠지 모르게 시오리는 그녀가 빛나 보였다.

나미는 강요받은 게 아니라, 스스로 그 인생을 선택했다. 아마도 나미는 시오리처럼 파리에 숨지 않고, 파리 안에 묻힐 일도 없을 것이다. 파리는 앞으로도 그녀의 기억 속에서 반짝반짝 빛나겠지.

그후 둘이서 프티 트램을 탔다. 몽마르트르를 일주하는 작고 귀여운 도시 전철이다. 이거라면 다리를 삐어도 몽마르트르 경치를 즐길 수 있다. 트램 안에서 나미는 아이처럼 눈을 크게 뜬 채 유리창으로 밖을 내다보았다. 시오리는 그런 나미의 얼굴을 기억에 새기고 싶었다.

밤까지 나미를 여기저기 데리고 다닐 생각이었지만, 점심을 먹자마자 나미의 친구들로부터 전화가 왔다. 전화를 끊은 나미가 기쁘게 말했다.

"친구들이 쇼핑 끝났다고, 센강 크루즈 가자고 해요."

그것도 좋지. 크루즈라면 발에도 부담이 적다. 친구는 돈이 많아서 나미와는 처지가 다르다고 들었지만, 그럼에도 그녀들은 나미를 소중하게 생각하는 것이다.

서로의 SNS 아이디를 교환한 뒤 시오리는 나미를 바토무슈 선착장까지 데려다주었다. 실은 파리에도 더 아름다운 장소가 많고, 나미를 거기로 안내하고 싶기도 했다. 하지만 지금은 친구들과 함께 보내는 편이 나미에게 즐겁고 각별할 것이다. 바토무슈 선착장에서는 종이가방을 여러 개 든 나미의 친구들이 기다리고 있었다. 헬멧을 돌려받고 헤어졌다.

"끝나면 데려다줄까?"

혹시 몰라 물어보니 나미는 고개를 가로저었다.

"돌아가기만 하면 되니까 택시로 갈게요."

시오리는 자신의 헬멧을 쓰고 다시 스쿠터에 올라탔다. 돌아가는 길의 파리는 마치 처음 왔던 날처럼 빛나 보였다.

이제 막 오후 2시가 지났다. 기분이 센티해져서 퐁네프에 선 채 센강을 바라보고 있는데 핸드폰이 울렸다. 낯선 번호가 화면에 떴다. 일본이 아닌 파리의 번호였다. 전화를 받자마자 속사포 같은 프랑스어가 들렸다. 몇 차례 되묻고서야 겨우 이해를 했다. 이제 방문했던 호텔에서 걸려온 전화였다. 유고의 캐리어를 찾았으니 가져가라는 내용이었다.

"거기서 일본으로 보내줄 수 없어요?"

그렇게 물었지만 어렵다는 답이 돌아왔다. 유코가 배송료를 낸다고 했으니 캐리어를 찾아서 직접 유코에게 보내면 된다.

나미 덕분인가, 오늘은 타인에게 친절해야겠다는 마음이 강해졌다. 다시 스쿠터를 달려 5구에 있는 호텔로 향했다. 호텔 프런트에는 어제와 같은 금발 여성이 있었다.

"이거죠? 잘못 가져간 사람이 보내줬어요."

볼수록 선명한 파랑 가죽 캐리어가 로비에 세워져 있었다. 사이즈가 약간 작은 편이지만 용량은 50리터쯤 될 듯했다. 이름표를 확인하니 'YUKO SAWA'라는 글자가 있다. 틀림없다.

도난이 아니라 잘못 가져갔으니 내용물도 그대로일 것이다. 들어보니 꽤 무거웠다. 혹시 몰라서 받았다고 확인하는 서류에 사인하고, 캐리어를 인계받았다. 빅스쿠터 뒷좌석에 묶으면 가져갈 수 있을 터였다.

그대로 에릭의 집으로 돌아왔다. 밤에 돌아온다고 했으니 그도 외출했을지 모른다. 스쿠터를 아파르망 중정에 있는 주차장에 세우고, 파란색 캐리어를 내렸다. 캐리어를 들어본 것도 오랜만이어서 살짝 여행을 떠나고 싶은 마음이 꿈틀거렸다.

파리에 있다 보면 유럽의 다른 나라들을 여행하기도 쉽다. 유로스타로 2시간 15분이면 런던에 갈 수 있고, 암스테르담에도 3시간 20분이면 도착한다. 이탈리아 밀라노나 피렌체에도 야간열차로 하룻밤 자면 도착한다. 아니면 일본으로 돌아갈까.

어제까지는 선택지 안에 보이지 않게 잘 감춰 뒀는데, 불쑥 존재감을 드러내기 시작했다. 파리에 계속 있겠다고 고집하기보다 일본으로 돌아가 자신의 발밑을 단단하게 만드는 것.

관광 비자로는 일할 수가 없고, 흥미를 느끼던 파리의 사진학교에 다니려 해도 이젠 수업료를 감당하기도 어렵다. 일본이라면 일하면서 학교에 다닐 수 있다. 나미에 비하면 늦었지만, 다시 시작할 수 있다.

그렇게 생각하면서 캐리어를 안고, 에릭의 방이 있는 5층으로 올라갔다. 엘리베이터에서 내려 문에 열쇠를 꽂았다. 문이 열리자마자 침실 쪽에서 큰 소리가 들렸다.

무슨 일이지, 생각했다. 에릭이 집에 있다고 해도 이 시간에 침실에 머무는 일은 드물다. 낮잠을 잔다면 대개 소파이고.

"에리?"

이상하게 생각하면서 침실 문을 열었다. 노크할 생각조차 못했다. 반라의 에릭이 일어나 눈앞을 막아섰다.

"시오리, 늦는다고 하지 않았어?"

"친구의 일정이 갑자기 바뀌어서…"

에릭 뒤편으로 검은 머리가 보였다. 침대에 누워있던 누군가가 몸을 일으켜 세웠다. 침대에 여자가 앉아 있었다. 상반신 나체에 얼이 빠진 얼굴로.

너무 놀라 소리도 안 나왔다. 본 적도 없는 화려한 여자. 숏컷 검은 머리와 가는 목의 동양인이었다. 일본인이거나 중국인인가, 어쩌면 한국인지도 모른다.

그 순간 시오리의 머리에 무언가가 떠올랐다. 시오리는 어학교 근처 카페에서 에릭을 만났다. 그리고 에릭의 전 여자친구도 거기서 공부하던 일본인이었다는 말을 들었다. 그렇다면, 이번에도 같을 것이다. 어학교 학생에게 말을 걸어 아파르망에 데려온 것이다. 어쩌면 이게 처음이 아닐지 모른다.

"시오리, 들어봐 줘. 갑자기 그녀가 몸이 안 좋다고 해서…"

상투적인 변명을 쏟아내는 에릭에게 시오리는 쓴웃음을 지었다. 신기하게도 화가 많이 나지 않았다. 침대에 앉아 있는 여자가 자신과 많이 닮았기 때문인가. 에릭은 화려한 동양인 여자가 좋았을 뿐이구나. 시오리도 그런 점에서 선택받았을 뿐이다.

시오리의 애정에도 욕망이 섞여 있었다. 에릭의 애정이 자신의 욕망과 등을 맞대고 있다고 해서 나무랄 수는 없다. 다만 성실하지 못한 것은 다른 문제다. 시오리는 침실 문을 에릭 앞에서 쾅, 닫았다.

옷장을 열어 일본에서 가져온 저렴한 캐리어를 꺼냈다. 옷장에 있던 옷을 전부 꺼내 캐리어에 넣었다. 정말 짐이 없구나 싶었다. 에릭에게 배신당하면, 자신과 파리를 연결해온 끈은 이제 없어져 버린다. 그렇게 생각한 순간 눈물이 왈칵 쏟아졌다.

결국 시오리가 사랑한 것은 이 거리와 도시일 뿐, 그가 아니었는지도 모른다.

6화

의자는 두 개

의자 하나를 버리기로 했다.

그렇게 말하니 하루나는 미간을 찡그렸다. 분명 '또 엄마의 변덕이 시작됐다'고 생각할 것이다.

"밥은 어디서 먹을 건데?"

"다른 하나에서 먹으면 된다."

현재 호시이 유미와 하루나가 사는 집에는 식탁과 의자가 두 개 있다. 지은 지 30년쯤 된 집이라고 하는데, 얼핏 보기엔 40년도 넘은 듯 누추한 주택이다. 구조는 2DK(방 2, Dining room, Kitchen). 요즘 세상에 거실도 없는 집이라니. 신축건물에서는 찾아볼 수 없는 구조다.

유미는 슬슬 이 집 구조에 질리기 시작했다. 무엇보다 주방이 너무 좁다. 냉장고와 식탁과 의자를 놓으면, 더는 아무것도 둘 수가 없다. 식탁과 키친 사이로 몸을 비집고 들어가 요리를 해야만 한다. 두 개인 의자를 하나로 줄이면 다소 편해질지 모른다. 의자 하나를 없애면 조금 작은 식탁을 둬도 괜찮을 것이다.

하루나는 작년에 대학생이 되었다. 거의 매일 이자카야에서 아르바이트하고 있으니, 저녁에 집에서 식사할 일이 거의 없다. 아침에는 유미가 출근한 후 여유롭게 일어나서 학교에 간다. 또 쉬는 날에는 친구와 놀러 나간다. 둘이서 식사를 하는 일은 거의 없다. 주방 의자가 두 개일 이유가 없다.

허전한 마음도 들지만, 딸이 고등학교에 다닐 때보다는 훨씬 수월해졌다. 중고등학교에 다닐 때는 매일 아침 일찍 일어나 아이의 도시락을 쌌다. 일이 밤늦게까지 이어질 것 같을 때는, 전날 밤에 다음 날 저녁까지 준비를 해뒀다.

유미가 남편과 헤어진 것은 하루나가 중학교 1학년 때였다. 만약 아이가 더 어렸다면 혼자서 집을 보게 하는 것도 불가능해 수의사 일을 계속하지 못했을지 모른다.

남편은 상냥한 사람이었다. 술을 마시거나 폭력적이지 않았고 도박을 하지도 않았다. 그러나 자신이 그를 정말로 사랑했었는지 자문하다 보면 왠지 찝찝한 기분이 된다.

처음부터 마음에 거리가 있었던 듯하다. 같은 직장에서 일하다 사귀고 결혼했는데도 유미는 남편을 진심으로 사랑하거나 의지한 적이 없었다. 그래서 그에게 다른 사람이 있다는 걸 알았을 때도 진심으로 비난하지 못했다. 사무적으로 이혼 이야기를 진행했고, 헤어졌다. 위자료 대신 살고 있던 이 집을 받았다. 위치는 편리하지만 오래되어서 그렇게 값이 나가지도 않는다. 구입

할 때는 유미도 절반을 보탰다.

하루나는 유미와 함께 사는 걸 선택했다.

"아빠 쪽이 더 편하지 않겠나? 새엄마도 벌써 정해졌고."

그렇게 말하자 하루나는 얼굴을 찡그리며 대답했다.

"모르는 사람하고 사는 거, 진짜 싫어."

하루나는 자신과 참 닮았다. 퉁명스럽고 어딘가 차갑지만, 공부는 잘했다. 10대 무렵의 유미와 똑 닮았다. 살아가기 힘들 거라고 생각한다.

자신과 너무 닮아서 아무래도 혼낼 수가 없다. 꾸미는 일에 왜 저리 무심한지 불만스럽지만, 자기 역시 겉모습을 갈고 닦기 위해 애쓰는 일은 없었다. 목욕만 할 수 있다면, 미용실에서 새치를 염색하는 것 외에 화장조차 하지 않는다.

아무리 그래도, 중학생 때 옷을 대학생이 되어서도 입고 다니는 하루나는 놀랍기만 하다. 때로는 유미의 옷을 걸치고 나가기도 한다. 고급 옷도 아니고, 유미가 집에서 입고 다니는 스웨터 같은 걸 말이다. 꾸미고 싶은 마음이 가장 왕성할 나이 아니던가.

"새 옷 사다 줄까?"라고 물으면 하루나는 딱 잘라 말한다.

"필요 없어. 그럴 돈 있으면 책 사게 돈을 줘."

"그런 차림으로 다니면, 남자들한테 관심도 못 받는다."

"상관없다고,"

콧속에 나무를 푹 찌르는 듯한 대답. 아버지를 가끔 만나러 가는 것도 용돈 때문이라고 아이는 분명히 말했다.

"아빠를 좋아하지 않아. 둘이서 식사하자고 해놓고는 부인을 데리고 나왔어."

"소중한 사람이라 그런 거다. 하루나와 사이좋게 지냈으면 하는 거 아니겠나?"

"아무리 그래도 모르는 사람과 만나려면 마음의 준비가 필요한 법이라고."

그건 동감이다. 새로운 부인과 사이에 아이는 없다고 들었다. 남편은 지금도 하루나를 데려가고 싶을지 모른다. 그러나 유미와 똑 닮은 하루나가 전남편이나 그의 부인과 잘 지낼 리 없다.

하루나가 피식 웃었다.

"아빠 새부인도 간사이 출신이라 오사카 사투리 써. 오사카 여자가 좋은가 봐."

"우연일 거다."

고등학교 때까지만 간사이에 살았는데, 유미의 사투리는 고쳐지지 않는다. 의식해서 오사카 말을 한 적도 없지만, 의식해서 표준어를 사용하려고 애쓴 적도 없다. 누구도 지적하지 않았고 주의를 받은 적도 없다. 가끔 동물 환자의 주인들로부터 "선생님, 간사이 출신이신가 봐요."라고 듣기는 한다.

하루나는 도쿄에서 나고 자랐지만, 종종 유미에게 스며 이상한 간사이 말투를 사용할 때가 있다. 하루나는 일어나 달력을 보러 가면서 말했다.

"대형폐기물 버리는 날, 내일이다."

"플리마켓에서 팔 거라 상관없다."

"플리마켓? 의자 하나만 달랑?"

"안 팔리면 그만이고. 아직 멀쩡한데 아깝잖나."

이곳으로 이사 온 후 산 의자니까 아직 10년밖에 사용하지 않았다. 상처도 별로 없으니 아깝기는 하다.

"플리마켓 출점비용도 들잖아. 남는 거 맞나?"

"안 남아. 아직 멀쩡한 물건을 버리는 게 싫을 뿐이다."

작아진 하루나의 옷도, 남편이 두고 간 물건도 전부 플리마켓에 팔았다. 물건을 버리지 못하는 것은 유미의 고질병 같은 것으로 어쩔 수 없다. 책은 헌책방에 팔고, 고장 나지 않은 가전은 재활용 매장에 판다. 다른 것은 플리마켓에 내 놓는다. 거저 주는 듯한 가격을 붙여두면 무두 가져간다. 쓰레기가 쌓인 집을 생각하면, 가져가 주는 것만으로 고마울 지경이다.

하루나는 또 웃었다.

"아빠는 잘도 버렸으면서."

"엄마가 버려진 거라니까!"

여러 번 그렇게 말했지만, 하루나는 유미가 아빠를 버렸다고 말한다. 딸에게 그렇게 보일 정도로, 남편에게 차가웠던 걸까.

마흔아홉 살. 이혼녀. 한부모 가정.

울림이 썩 좋지 않다. 누가 돌아봐 주지도 않는 아줌마가 되어버렸다. 일하고 있는 동물병원에는 젊은 여성 간호사가 여러 명 있다. 그들 중 누구도 유미 같은 40대가 되기를 원하지는 않을 것이다.

그렇지만 나름 잘 헤쳐나가고 있다고 생각한다. 하루나는 큰 병에 걸린 적도 없고, 나쁜 짓을 저지르는 일도 없이 열아홉 살이 되었다. 대학도 잘 들어갔다. 남편에게 받는 양육비와 저축도 있으니 몇 년이나 유학을 떠나지 않는 한, 졸업할 때까지 학비를 내줄 수 있을 것이다.

하루나는 학자금을 융자받고 싶어했지만, 유미는 반대했다. 자신이 학자금 융자로 고등학교와 대학까지 갔다. 그 학자금 상환을 다 마치는데 30대 중반까지 걸렸다. 아직 급여도 적던 시기에는 매월 다가오는 2만 엔의 상환금이 무거운 짐이었다. 취직 상황은 유미가 대학을 졸업한 25년 전보다도 훨씬 나쁘다. 하루나가 자신보다 고생하는 것은 보고 싶지 않다.

귀하게 보호하며 키울 생각은 없었다. 유미가 졸업하던 시절에는 아직 거품경제 정점이어서 취직도 쉽고, 초임도 지금보다 좋았다. 지금은 대학을 나와도 정사원으로 취직하기 어렵다.

독문과 졸업이 취직에 도움이 될 것 같지도 않다. 화장도 안 한 채 추리닝복으로 방바닥을 뒹굴거리며 괴테를 읽고 있는 하루나를 보면, 지금이 쇼와시대인지 묻고 싶어진다. 어차피 딸의 진로에 유미는 참견하지 않는다. 그건 딸이 알아서 할 일이다.

유미는 스스로가 기술직이어서 다행이라고 생각해왔다. 그래서 딸도 가능하면 이과나 경제학부처럼 실용적인 전공과목을 선택하기 바랐지만, 그저 자신의 희망에 불과했다. 수학보다는 영어나 국어 성적이 좋았기 때문에 아마도 문과로 진학할 거라고 예상은 했었다. 뭐, 그것도 딸의 인생이다. 대학만 졸업시키면, 엄마로서 할 일은 거의 끝난다.

해냈다. 그 말이 가장 와 닿는다. 다른 사람들에게는 후련하게 보였다고 하지만, 이혼한 후 하루나를 혼자 키울 생각을 하니 너무 불안했었다.

일과 집은 있다. 문제는 하루나의 학비였다. 일을 잃거나 자신이 병에 걸리기라도 하면 하루나의 인생에 절대적인 영향을 미치게 된다. 하루나를 전남편에게 맡기는 길도 있기는 했다. 하지만 아이가 원하지 않는다면, 그렇게 하고 싶지는 않았다. 하루나는 유미와 닮아서 미인도 아니고, 애교 같은 것도 없지만 성적만은 좋았다. 교육을 제대로 받는 것이 딸의 인생을 좌우할 게 틀림없었다.

지금이라면 설사 유미가 죽더라도 생명보험과 저축으로 하루나가 대학을 졸업할 수 있다. 그 후 인생은 딸 스스로 헤쳐나가겠지.

그렇게 생각하니 몸이 가벼워졌다. 하루나는 별로 손이 안 가는 아이였다. 갓난아이 때는 우유를 잘 먹고 잘 잤다. 큰 병치레 한번 없었다. 중학생이 되어서도, 고등학생이 되어서도 엄마가 학교에 불려가는 일은 만들지 않았다.

종종 학교를 땡땡이치고 집에서 잘 때도 있었지만, 그 정도 일탈이라면 유미도 했었다. 다음 날 다시 학교에 가기만 하면, 하루 정도 빼먹어도 그다지 큰일은 아니라고 생각했다.

하루나를 위해 뼈가 빠지도록 일했다는 생각은 들지 않는다. 세탁과 청소는 오히려 중학교 때부터 하루나의 도움을 받았다. 그럼에도 이제 자신이 없어도 괜찮다고 생각할 때의 가뿐함은, 지금까지와 전혀 다르다.

딸은 점점 집에 있는 시간이 짧아지고, 스스로 돈을 벌기 시작할 것이다. 언젠가는 이 집에서 나가고, 결혼할 수도 있겠지. 지금은 열아홉 살. 여성스럽지 않고 선머슴 같지만, 똑같던 유미도 결혼을 했다. 하루나의 인생에서 조금씩 엄마는 필요 없어지겠지. 매우 자연스럽고 당연한 일이다. 그래서 쓸쓸함을 느끼지 않는다는 말은 아니다.

그 일요일, 하루나는 드물게 아침 일찍 일어나 있었다. 항상 점심때가 지나도록 자거나 늦은 아침 겸 점심을 먹은 후 저녁부터 이자카야의 아르바이트를 하러 나갔다.

유미도 일요일은 일을 쉰다. 아침부터 세탁기를 두 번 돌리고, 베란다를 세탁물로 가득 채웠다.

"웬일이지 오늘? 뭐 먹을래?"

아직 의자를 팔지 않으니 둘이 아침 식사를 할 수 있건만 하루나는 퉁명스럽게 대꾸했다.

"배 안 고프니까 커피만 마실래."

이자카야 아르바이트를 가면, 식사 시간이 11시 가까이 된다고 들었다. 그래서 아침에는 배가 고프지 않은 건지도 모른다.

커피메이커의 스위치를 켜려고 할 때, 하루나가 웬일인지 부엌 옆에 있는 방으로 들어갔다. 유미가 침실로 쓰는 방이다. 옷장을 열어 안을 들여다봤다.

"뭐 찾는데?"

"있잖아. 고모한테 받은 캐리어, 그거 어딨어?"

"캐리어?"

"파란색, 예쁜 거."

기억났다. 5월에 플리마켓에서 팔아 버린 그것이다.

작년 겨울, 하루나의 고모인 가나코가 세상을 떠났다. 위암이었다.

헤어진 남편의 누나라 관계가 소원해져도 이상하지 않은데, 유미와 하루나를 항상 챙겨주었다. 헤어질 때도 남편의 친척 중에서는 유일하게 유미 편을 들어준 사람이다. 본인은 결혼도 하지 않고, 아이도 없었기 때문에 하루나를 더 예뻐했을 것이다.

가나코가 위암에 걸린 것은 10년 전이다. 그때는 위의 3분의 1을 잘라냈다. 그러다 5년 후 재발해 위 전체를 들어냈는데도 여기저기로 암이 전이되어 버렸다. 수술, 항암 치료, 방사선 치료….갖은 방법을 썼지만, 그녀는 50대 젊은 나이에 세상을 떠났다.

병문안을 종종 갔었다. 관계가 깊은 사이가 아니라서 다른 친척은 그들과 마주치면 노골적으로 싫은 티를 냈지만, 가나코는 유미와 하루나가 병원과 집을 방문할 때 진심으로 좋아했다.

바쁘게 지내는 하루나는 찬거리 사러 가자고 하면 따라가지 않으면서도 가나코 병문안에는 일정을 조정해서라도 반드시 함께했다. 노골적으로 감정과 애정표현을 하는 아이는 아니지만, 가나코가 자기를 예뻐하는 걸 잘 알고 있었던 모양이다.

세상을 떠나기 반년쯤 전, 병실에서 가나코는 말했다.

"뭐 딱히 줄 거는 없지만, 다이아몬드 반지하고 호박 목걸이가 있어. 내가 죽으면 그거 하루나 짱에게 줄 거야."

"그런 말 마세요…."

하루나도 입술을 내밀었다.

"맞아. 난 그런 거 필요 없거든. 고모가 건강해지면 함께 놀러 가는 게 더 좋아."

가나코는 쓸쓸하게 웃었다.

"그렇게 말해주는 것도 유미 짱과 하루나 짱뿐이야. 다른 친척들은 모두 내가 빨리 죽는 게 속 편하다고 생각하지."

가나코의 친척들과는 얼굴 볼 일이 거의 없다. 시아버지, 시어머니는 결혼 전에 이미 돌아가셨다. 결혼식에 참석해 준 것도 가나코뿐이었다. 그런데 이혼한다고 할 때는 무엇 때문인지 전 남편의 삼촌이나 조카 형제라는 사람들이, 이것저것 참견을 하면서 귀찮게 굴었다.

그들은 자신들과 아무 관계도 없는 위자료나 양육비에 대해서도 참견을 했다. 그 사람들이라면 가나코를 괴롭히고도 남지 싶었다. 그리고 가나코가 사망한 후, 상속분으로 유미가 받은 것은 선명한 파랑의 미사용 캐리어뿐이었다.

바보 취급당한 기분이었다. 명품도 아니고 가격도 비싸 보이지 않았다. 고급품인지 아닌지는 관계가 없다. 유품이라면 가나코가 애용하던 것을 받고 싶었다. 가나코가 말한 다이아몬드 반지 같은 거라도 좋다. 가나코의 존재가 느껴지는 것 말이다.

5년 전부터 투병하던 가나코가 자신을 위해 캐리어를 샀을 리는 없다. 아프기 전에도 딱히 여행을 좋아하지는 않았다. 전남편으로부터도 그녀가 여행을 갔다는 이야기는 들어보지 못했다.

아마도 누군가의 집에 있었고, 남아도는 물건을 떠넘겼을 것이다. 그렇게 생각하며 옷장 안에 넣어뒀다. 그러나 오래된 집의 수납공간이 너무 작았다. 캐리어는 어쨌든 자리를 차지한다. 매일 이불을 접어 넣을 때마다 눈에 들어와서 화가 났었다.

유미는 거의 여행을 하지 않았다. 가끔 직장에서 세미나로 지방에 가는 정도였다. 노는 데 돈을 쓸 거라면, 하루나의 학비를 위해 저축하고 싶었다. 최근 10년간은 온천에도 가지 않았다.

만약 하루나가 졸업하고 다소 여유가 생긴다고 해도, 고작해야 국내여행에 그칠 것이다. 수의사라는 직업은 언제 어떻게 될지 모르는 동물 환자들을 돌봐야 한다. 입원한 애들도 있고, 갑자기 발작을 일으켜 오는 애들도 있다. 먼 곳까지 가서, 뭐라도 문제가 생겼을 때 달려오지 못하는 것이 싫다.

유미가 일하는 동물병원은 유미 외에도 세 명의 수의사가 더 있다. 따라서 여름 휴가는 갈 수 있지만 본인들이 담당하는 동물 환자가 위험한 상태에 빠지면, 휴대전화로 알려주게 되어 있다.

만약 해외여행이라도 가는 일이 생긴다면, 그건 은퇴한 후다. 여권도 없고, 이대로 평생 안 만들 수도 있다. 말인즉, 그 캐리어는 이 집안에서 불필요한 물건이다. 하루나도 해외여행을 가서 명품 같은 걸 사는 아이는 아니었다. 그리하여 유미는 캐리어를 팔기로 한 것이었다.

가나코의 유품이어서 버리지는 못했다. 다만 그 캐리어를 원하는 사람이 나타난다면, 집에서 잠자고 있는 것보다 훨씬 나은 일이라고 생각했다.

"벌써 팔았다. 쓸 일이 없다 싶어서…"

그렇게 말하자 하루나는 눈을 휘둥그레 떴다.

"진짜로? 너무 경솔했던 거 아냐? 가나코 고모 유품인데…"

"아무리 생각해도 고모가 사용하지 않았을 것 같다."

"뭐, 그렇기는 하지만서두."

유품이 캐리어라는 점에서는 하루나도 꽤 불만이었다.

"뭐야? 그 캐리어 갖고 싶었던 건가?"

"갖고 싶었다! 엄마가 팔 거라고 생각도 안 했는데."

그렇다면 미리 말이라도 해주지. 맘속으로 혀를 찼다.

"여행 같은 거 잘 안 가잖아. 가게 되더라도 빌려서 가면 되고."

이 좁은 집에 사용하지도 않은 캐리어를 두는 것 자체가 낭비다. 하루나는 웬일인지 얼굴을 찡그렸다.

"어디 가나?"

"아니…, 안 가는데."

뭔가 말하고 싶은 게 있어 보였지만 추궁하지 않기로 했다.

"가지 않는다면 딱히 문제 되지도 않겠네. 유품이라고 해도 가나코 고모 건지 아닌지, 알 수도 없고."

가나코 사망 후 친척에 의해 전달된 캐리어다. 그런 물건까지 소중하게 지켜야 할 이유는 없다.

"엄마는 참 건조해."

하루나는 한숨을 내쉬듯 말했다. 알고 있다. 하지만 그렇지 않으면 살아 있는 것들의 죽음을 매일 보며 살 수가 없다.

파란색 캐리어를 사간 여성을 기억한다.

20대 중반 혹은 좀 더 위. 작은 체구의 귀여운 여성이었다. 더운 날이었는데도 긴소매를 입고 있었다. 유미는 필요 없지만, 가나코의 유품이므로 맘에 들지 않는 사람에게 팔고 싶지는 않았다. 그 여성에게 팔려고 결심한 건, 그녀가 캐리어와 사랑에 빠진 듯한 눈길을 보였기 때문이다.

지나치려고 하다가 다시 돌아왔다. 한참을 보다가 가려는데 눈에서 캐리어가 떠나지 않았던 모양이다. 그리고 한참을 더 고민하다 유미에게 말을 걸어왔다. 그 얼굴을 보며 결심했다. 얼마라도 상관없다. 이 사람에게 팔아야겠다.

그 전까지는 팔아버리는 것에 약간의 주저함이 있었지만, 그녀의 얼굴을 보자 그런 마음이 싹 사라졌다. 캐리어로서도 유미의 집 옷장에서 평생 한 번 사용되지 못한 채 썩는 것보다는 훨씬 잘 써줄 듯한 사람에게 가서 여기저기 돌아다니는 편이 즐거울 터이다. 그녀라면 여기저기로 캐리어를 데리고 다닐 것 같았다. 가격 협상을 마친 후 캐리어를 손에 넣은 그녀는, 기쁘지만 어딘가 생각이 많은 듯한 표정을 지었다. 그 표정의 의미를 조금은 알 것 같았다.

살 생각은 없었지만, 엄청 갖고 싶은 것이 눈앞에 불쑥 나타나는 바람에 충동구매해버렸을 때의 얼굴이었다. 캐리어가 필요하거나 단순히 싸서 산 게 아니라, 그녀와 가나코의 캐리어가 운명처럼 만난 듯 여겨졌다. 아마도 유미가 앞으로의 인생에서 사랑에 빠질 가능성은 거의 없겠지만, 그렇게 무언가와 만날 일은 생길 것이다.

마치 사랑처럼, 어리둥절함과 기쁨을 동반하면서.

하루나는 뭔가 말하고 싶은 눈치였다. 처음에 이상하다고 느낀 것은 캐리어 때문이었는데, 그 후에도 예전과 다르게 일찍 집에 들어오거나 주방 의자에서 한참을 앉아 있기도 했다.

예전부터 뭔가 부탁하고 싶은 일이 생기면 하는 행동이었다. 용돈을 올려달라거나, 무언가를 사 달라고 하고 싶을 때…. 보통 식사가 끝나면 혹은 차를 마시고 난 후에는 잽싸게 방으로 들어가는데, 부탁하고 싶을 때는 아무 말도 하지 않고 유미 옆에 앉아 있었다.

　몇 번이고 물어봤지만, 하루나는 언제나 말을 흐렸다.

　목요일이었다. 일요일 이외에는 병원이 열려 있으니까, 수의사들은 교대로 휴진을 한다. 목요일은 유미의 휴진 날이었다.

　날씨가 썩 좋지 않아 이불 말리기와 세탁은 포기하고, 집안을 청소기로 돌렸다. 하루나의 방에도 들어갔다. 중학생과 고등학생 때는 자기 방에 들어가는 것을 질색하던 하루나지만, 대학생이 되면서는 그런 것도 없어졌다. 아침부터 밤까지 외출하니까 청소도 자주 못하고, 이불도 잘 말리지 못한다. 창을 열어 환기하거나 청소기를 돌리고 쓰레기를 버리는 정도는 유미가 종종 하고 있다.

　딸의 방에 들어간다고 해도 평소 책상 위를 뒤적거리지는 않는다. 모녀지간이라고 하지만 프라이버시라는 게 있으니까. 책자가 눈에 들어온 건 책상 제일 위에 있었기 때문이다. 표지에 '교환 유학 커리큘럼 신청 방법'이라고 쓰여 있었다. 그 글자를 보는 순간 가슴이 쿵 내려앉았다.

　자연스럽게 손을 책자로 뻗었다. 살펴본 흔적이 묻어 있었다. 숨 막히는 기분으로 페이지를 넘겼다. 하루나가 다니는 대학이 독일 대학과 자매결연을 하고 있어서, 교환학생 커리큘럼을 제공하는 모양이었다. 기간은 내년 4월부터 1년. 독일 대학에서 취득한 학점은 그대로 이곳 대학 학점으로 인정되었다. 독일어 레벨이 부족한 학생은 2월부터 독일에 체류하면서, 어학연수를 받을 수도 있었다.

읽는 동안 손이 덜덜 떨렸다. 학생기숙사가 제공되며, 집세와 학비를 합해 매월 700유로. 1유로가 얼마인지 찾아본 적도 없다. 서둘러 핸드폰을 꺼내 검색해보았다. 140엔이라는 걸 확인하자 어질어질해졌다. 그것만으로 끝나는 것도 아니었다. 수업에 필요한 책도 지금은 하루나가 아르바이트해서 번 돈으로 사고 있지만, 독일 유학을 가면 아르바이트는 못할 것이다. 학생 비자와 취업비자는 다르다. 그럼에도 학생이 아르바이트하는 정도라면 괜찮을까? 모르는 것투성이다.

돈뿐만이 아니다. 하루나가 자신의 곁에서 일년 동안이나 없어지는 것이다. 그 생각만으로, 눈앞이 캄캄해졌다. 비겁하다고 생각했다. 고생해서 키워 왔는데, 이제 겨우 여유가 생겼다고 안심하는 순간 눈앞에서 사라진다니. 언젠가 독립하는 것은 각오했다. 그러나 아직 시간이 있다고 여겼다. 앞으로 2년 반 정도는 유미의 곁에 머물 것이라고 믿었다. 그런데 하루나가 앞으로 몇 개월 뒤에 이 집에서 떠난다고 생각하니 견딜 수가 없었다.

서 있다고 생각했는데, 어느샌가 침대에 걸터앉은 채였다. 몸이 덜덜 떨렸다. 자신이 이렇게 동요하는 게 믿기지 않았다. 언제나 자신은 냉정하다고 여겨왔는데. 전남편이 바람피운 걸 알았을 때도 침착했었다. 새끼 때부터 돌봐주던 개와 고양이들의 죽음도, 슬픔을 안으로 삭이며 냉정하게 보내주던 사람이다. 그러나 하루나가 앞으로 몇 개월 후 이 집을 나간다는 것만은 참을 수가 없었다.

자신의 동요가 한편으로 신기했다. 언젠가 취직하고 결혼해서 독립하게 될 줄 이미 알고 있었잖은가. 그것이 조금 앞당겨진 것뿐인데, 이렇게 견디기 힘든 느낌일 줄이야. 어쩌면 조금 더 이어질 거라고 철석같이 믿었던 시간을 빼앗긴 듯한 기분이 견디기 힘든 건지 모른다.

게다가 멀고 먼 그 거리…. 국내라면 그나마 괜찮다. 독일이라면 무슨 일이 생겼을 때 달려갈 수가 없다. 휴일에 잠깐 만나는 것도 불가능하다. 일년짜리 유학을 간다고 가정하면, 거의 일년 동안 떨어져 있어야 한다. 그뿐만이 아니다. 거기서 애인을 만들거나 일을 하게 되거나 하루나가 독일에 살기로 선택한다면, 평생을 떨어져서 지내야 한다. 그건 절대로 싫다.

아이에게서 독립하지 못하는 부모들을 경멸했다. 자신이라면 하루나가 독립할 때도, 의연하게 잘 보내줄 것이라고 믿었다. 그런데 왜, 내 감정조차 생각한 대로 되지 않는 것일까.

하루나가 교환 유학 설명서를 유미에게 건넨 것은 그날 밤이었다. 미리 알고 있어서 정말 다행이었다. 갑자기 들이댔다면 어찌할 줄 몰랐을 것이다.

"엄마, 부탁이 있어. 대학에서 슈투트가르트 대학교 교환 유학생 모집한대. 나 거기에 응모하고 싶어."

유미는 호흡을 가다듬고 가까스로 평정심을 유지하며 말했다.

"안 된다. 그런 여유 없는 거 너도 잘 알잖아. 지금 학교 학비를 대는 것만으로도 빠듯해 죽을 지경이다."

거짓말은 아니었다. 수의사는 수입이 많은 직업이 아니다. 하루나는 순식간에 실망한 얼굴이 되었다. 그러나 포기하지 않고 말했다.

"아르바이트해서, 60만 엔 저축했어. 그것만으로는 부족하니까 지금은 엄마의 도움이 필요하지만, 취직하면 꼭 갚을게."

그렇게 많이 모았을 줄은 몰랐다. 매일 열심히 일하러 나가기는 했지만.

"취업은 어쩌려고? 내년에는 3학년인데, 3학년차부터 구직활동 시작된다 했잖아."

"음…. 돌아와서 4학년부터 열심히 할게. 엄마도 3학년부터 구직활동하는 건 좀 이상하다고 했었잖아."

그건 정말 이상하다. 그렇다고는 해도, 제도와 시대의 흐름을 바꿀 수는 없다. 따라야 한다. 안 그래도 지금은 정규직으로 취직하기가 너무 힘들다. 취업 전쟁은 가혹하다.

"나는 반대다. 독일어 잘한다는 게 취직에 유리한 세상도 아니고."

하루나는 명백하게 뚱한 얼굴이 되었다.

"취직을 위해 공부한 게 아닌걸? 더 제대로 공부하고 싶단 말이야. 본고장에서 공부할 수 있는 기회는 그렇게 많지 않아."

"아무나 다 갈 수 있는 게 아니다."

하루나는 고개를 끄덕거렸다.

"그렇지만 교수님은 나라면 가능할 거라고 하셨어. 지금까지 성적도 아주 좋은 편이고…."

작게 손바닥을 쥐었다. 하루나가 단순한 호기심으로 이러는 게 아님을 잘 알았다. 돈도 열심히 모아두었다. 그런데 마음이 움직이지 않는다. 혼자서 키워 왔으니까, 이 정도는 내 마음대로 해도 되지 않을까.

유미는 한 번 더 강조했다.

"안 된다. 다시 생각해 봐라."

하루나의 얼굴이 일그러졌다.

의자는 팔지 않기로 했나. 의자를 팔아버리면, 하루나가 나가는 것을 허용하는 셈이 된다. 혼자 그렇게 생각했다. 그러나 플리마켓 참가료는 이미 지불했다. 어쩔 수 없으니 옷장을 뒤져서 불필요한 물건들을 찾았다. 벌써 몇 년째 사용하지 않는 가방들, 결혼식 선물로 받은 컵 세트. 하루나가 어리던 때 자주 구워주던 시폰케이크 틀.

모두 다 값이 나가지 않는 것들이지만, 뭐 상관없다. 시트를 깔고, 플리마켓에서 손님을 기다리며 멍 때리는 시간이 싫지 않다. 상품을 봐 주는 사람과 담소를 나누고, 여유롭게 하늘을 보고, 그러다 갑자기 전화가 걸려오면 곧장 철수해 직장으로 뛰어갈 수도 있다. 기분전환에는 최고다.

하루나가 어릴 적에는 하루나도 함께 나갔다. 아이들도 많고, 하루나의 옷이나 신발을 살 수도 있었다. 아이들이 떠들어도 눈치 주는 사람도 없다. 아침부터 도시락을 만들어서 하루나와 함께 외출했다. 전남편은 그때도 함께 가는 일 없이, 집에서 DVD를 보거나 자전거를 타고 멀리까지 나가거나 했다. 언젠가부터 하루나도 함께하지 않게 되면서, 유미 혼자만 남았다.

물건을 버리지 못하면 팔 수밖에 없다. 인터넷 경매로 내놓을 만큼 좋은 것은 없지만, 플리마켓에서 거의 공짜나 다름없는 가격을 붙여두면 가져가 주는 사람이 있다. 물론 10년 전에 비하면 사람이 많이 줄었다. 불경기라 싼 것을 원하는 사람들이 많아졌을 텐데, 아마도 저렴한 옷을 인터넷에서 살 수 있게 되어서일까.

유미 주변 사람들이 서서히 줄어드는 것과 비슷하다. 할머니 할아버지가 돌아가시고, 전남편도 떠났다. 어머니 아버지도 차례로 돌아가셨고, 이제 하루나가 떠나려고 한다.

언젠가는 혼자가 되리라는 사실을 알고 있었다. 그런 삶을 견디기 힘들 정도로 외로움에 취약한 사람도 아니었다. 다만 조금만 더 나중이었으면 했는데. 욕심일까.

어두운 파동을 내뿜고 있어서인지, 아무도 유미에게 다가오려 하지 않았다. 어쩔 수 없다.

이번에는 상품도 제대로 된 것이 없다. 그냥 돌아가야지 생각할 때였다.

"저기…"

말소리에 고개를 들었다. 작은 체구의 여성이 혼자 서 있었다. 얼핏 보는 것만으로 알아챘다. 지난번 캐리어를 사간 그 여성이었다. 딱 한 번 만났을 뿐인데, 분명하게 생각나는 것이 참 신기했다.

"5월에 파란 캐리어를 파셨던 분이지요?"

유미는 고개를 끄덕였다.

"맞아요. 그 후로 어땠어요?"

설마 반품 같은 거 요청하러 온 건 아니겠지. 뭐 3,000엔이었으니까, 반품해도 별로 상관이 없지만.

그녀가 속사포처럼 말을 쏟아냈다.

"저, 그 캐리어로 뉴욕에 갔어요. 처음 혼자 가는 여행이라 마지막까지 머뭇거렸는데, 그 캐리어가 등을 떠밀어 줘서 잘 다녀온 것 같아요…."

놀랍게도 반품과 불만은 아니었다. 유미는 웃었다.

"그래요? 그거 잘됐네요."

"캐리어를 빌려준 친구에게도 좋은 일이 생기거나 꼬였던 일들이 개운하게 정리되거나 해서, 우리끼리 '행운의 캐리어'라고 이야기합니다."

복잡한 기분이 들었다. 행운을 놓친 듯한 아쉬움과 내보내길 잘했다는 안도감이 함께 섞였다. 자신이 행운의 캐리어를 갖고 있었다면, 하루나가 복권이라도 맞아서 유학을 가버릴지도 모른다.

그러나 아무리 생각해도 캐리어가 가져다줄 행운은 여행 떠나는 사람의 몫일 뿐, 남겨진 사람을 위한 것은 아니었다. 그녀는 손에 든 가방을 뒤적거리더니 손을 뻗었다.

"한데 캐리어 안에 이게 들어있었답니다. 혹시나 싶어 돌려드리는 게 좋을 것 같아서…."

건네받은 것은 한 장의 쪽지였다. 두 번 접힌 것을 펼쳤다.

쓰여 있는 것은 딱 한 문장.

'당신의 여행에 많은 행운이 깃들이기를….'

가나코의 목소리가, 그 문장을 읽어주는 듯 느껴졌다.

이제야 알 것 같다. 어쩌면 가나코가 그 캐리어를 보내준 것인지도 모른다. 평생 여행 가지 않을 유미를 위해서가 아니라, 바깥세상에 힘차게 발을 내디뎌야 하는 하루나를 위해서….

손이 떨렸다.

가나코는 이미 알고 있었는지도 모른다. 머잖아 하루나가 여행을 떠나게 되리라는 사실을. 어쩌면 유미가 모르는 사이에 하루나와 이야기했었는지도 모른다.

그녀가 유미의 얼굴을 살피고 있었다.

"괜찮으세요? 혹시 그 캐리어 엄청 중요한 물건이었던 거 아니에요?"

유미는 작게 고개를 끄덕거렸다.

"그랬던 것 같아요. 알지 못하고 있었는데…."

"돌려드릴게요. 이미 여러 곳을 다녀서 많이 낡아버렸지만, 돌려드릴게요."

"아니에요, 괜찮아요. 기왕 판 것을 되돌려달라고 말 못 해요."

"괜찮아요. 근데 정말로 많이 헤졌어요. 친구에게도 빌려주고 막 여기저기 다니다가 파리에서는 행방불명이 되었지만, 다시 돌아왔고요."

정말로 돌려받을 생각은 없었는데, 이야기를 들으니 돌려받아도 될 것 같았다. 착불로 받기로 하고, 주소와 이름을 적어서 건넸다. 그녀는 야마구치 마미라고 했다.

"저는 이미 행운을 제대로 받았으니까, 다음에는 제가 고른 캐리어로 가려고요."

그녀는 자랑스럽게 말했다.

파란색 캐리어는 그로부터 3일 후 유미 집에 도착했다 많이 헤졌다는 말을 이미 들었지만, 예상보다 더 상처투성이에 낡아 있었다. 판매한 지 반년밖에 지나지 않았다는 게 믿기지 않을 정도였다. 지구를 여러 바퀴 돌고 왔는지도 모른다.

뉴욕에 갔다가 홍콩과 아부다비를 거치고, 그다음 파리에서는 행방불명되었다가 돌아왔다고 했으니 그럴 만도 하다. 가나코의 영혼이 이 캐리어에 담겨 있다면, 여행을 충분히 즐기고 왔을 것 같다.

아르바이트에서 돌아온 하루나가 깜짝 놀랐다.

"뭐야? 이 캐리어, 다시 돌아온 거야?"

"그래. 우연이 여기로 이끌었다."

딸이 웃으며 상처투성이가 된 캐리어 표면을 문질렀다.

"오우! 꽤나 관록이 생겼네. 반짝반짝하던 때보다 훨씬 멋있어졌어."

"누가 훔쳐가지도 않겠지? 이렇게 낡은 캐리어를…."

"그렇겠지. 근데 느낌 좋은데."

기쁘게 캐리어를 바라보는 하루나를 응시면서 유미는 호흡을 정돈했다.

"유학 말이다…."

말을 꺼내자 하루나의 얼굴이 일순 경직되었다.

"진짜 가고 싶은 건가? 제대로 공부할 건가?"

놀란 눈빛으로. 하루나가 고개를 끄덕였다.

"말도 잘 안 통하는 외국에서, 모르는 사람들과 섞여서 공부하고 생활하는 게 녹록지 않다는 사실, 잘 알지?"

다시 천천히 하루나가 고개를 끄덕였다.

"절대로 일년 동안 좌절하지 말고, 후회하며 돌아오지 말고. 약속할 수 있지?"

하루나는 고개를 위아래로 세차게 흔들었다. 눈이 아이 때 그것처럼 반짝거렸다.

"보내주는 거야?"

"아니다. 가는 데 필요한 돈을 빌려주는 것이니 나중에 출세하면 갚아야 한다. 필요한 준비물 챙기는 것들은 전부 너 혼자 스스로 해야 하고."

하기야 하라고 해도 유미는 못한다. 지금까지 제대로 된 여행 한 번 해본 적 없고, 앞으로도 그럴 마음이 없다.

그러다가 생각했다. 하루나가 독일에 있는 동안, 한 번 정도는 방문해도 되지 않을까. 휴가 기간에 갑자기 아픈 아이들만 안 생기면 말이다.

가나코의 캐리어가 함께해 준다면 하루나도 분명 괜찮을 것이다. 역시 의자를 파는 것은 관둬야지. 방은 좁지만, 의자는 두 개가 필요할 것 같다.

매일 함께 있는 거라면 굳이 얼굴 마주하고 이야기할 시간을 따로 낼 필요가 없다. 그러나 멀리 떨어져 산다면 상황은 다르다. 아이가 돌아왔을 때, 얼굴을 마주 보며 이런저런 이야기를 듣기 위해서라도 의자 두 개는 꼭 필요하니까.

7화

달과 석류

마트에서 아름다운 과일을 발견했다.

포장 안에 빨간색 알갱이들이 가득 담겨 있었다. 탁한 느낌 하나 없이 한없이 맑고 투명한 붉은 알맹이들은, 어릴 적 갖고 놀던 장난감 비즈와 닮았다 'Granatapfel'이라고 쓰여 있었다. 그라나탑펠이라고 읽는 걸까.

슈투트가르트에 온 지 거의 반년. 일본에서는 본 적이 없던 과일을 이곳에서 많이 본다. 사과도 딸기도 종류가 완전히 다르다. 대개 일본의 과일보다 작고, 시다. 딸기의 계절이 여름이라고 듣고는 깜짝 놀란 적도 있다. 일본에서 딸기는 12월부터 1월경에 나와서 5월이면 마트에서 사라진다. 베리류는 독일에서 특히 풍부했다. 일본 마트에서는 본 적도 없는 라즈베리와 블랙베리, 그렌베리 등이 딸기 같은 비닐 팩에 남겨 판매되고 있었다.

기숙사 룸메이트인 러시아인 타냐는, 그걸 큰 볼에 넣고 스푼으로 푹푹 떠서 먹는다.

하루나도 흉내 내면서 예쁜 빨간 열매를 사서 먹다가 어마어마한 신맛에 놀란 적이 있다. 나중에 그 열매가 소스로 만드는 베리라는 걸 알았다. 반년 정도로는 다른 문화에 익숙해지기에는 턱없이 부족하다.

아니 어떤 의미에선 익숙해졌다.

마트에서는 여태껏 본 적도 없고 먹는 방법도 모르는 식료품을 발견한다, 구청 같은 데 가면 언제나 뺑뺑이만 돌릴 뿐 아무것도 빨리 처리되지 않는다, 약간의 잡담을 하는 것조차 노력과 용기가 필요하다…. 당황스러운 일투성이에다 그 무엇도 생각했던 대로 되지 않는 것에 익숙해져 버렸다. 일본에 있을 때도, 술술 잘 풀린 삶은 아니었다. 같은 세대 여자애들과는 어딘가 거리를 둔 듯한 느낌이었고, 남자들은 더 먼 존재였다.

유행이나 연예인, 최신 음악에도 흥미가 없다. 고등학교 시절에도 반 친구들이 하는 이야기의 절반 이상은 하루나의 귀를 그대로 빠져나갔다. 친절하게 대해주는 친구도 있었고, 잘 모르는 이야기도 듣다 보면 나름대로 즐거웠다. 하지만 자신이 이 세계에 속하지 못하는 인간이라는 느낌은 지울 수가 없었다.

대학생이 되었을 때 같은 과 친구들이 하루나에게 화장을 시키려 하거나, 머리 스타일을 바꾸려고 하는 것도 귀찮기만 했다. 따라서 일본에 있든 독일에 있든 별반 차이가 없다. 태어난 나라에서 익숙해지지 못하는 것보다는 전혀 모르는 나라에서 익숙해지지 못하는 쪽이 조금 나을 뿐이다.

실은 살짝 기대했었다. 독일에 가면, 일본에서 맞지 않은 옷에 몸을 끼워 넣은 듯 불편하던 느낌이 거짓말처럼 사라지고 자유로워지는 건 아닐까. 그러나 독일에 와도 안 맞는 옷에 몸을 끼워 넣은 듯한 느낌은 변함이 없었다. 독일어는 다소 늘었지만, 독일어 실력이 느는 속도보다도 빠르게 수업은 어려워졌다. 유학생이 아닌 독일인 친구들도 외국인이라는 걸 배려하지 않고 말을 걸어온다. 여러 개의 단어를 놓치거나 대략적인 의미밖에 모르는 경우가 많다.

화려하게 꾸미고 온 학생은 많지 않지만, 화장하지 않지 않아도 예쁜 애들은 많다. 귀여운 햄스터 무리에 한 마리 시골쥐가 섞인 듯한 기분은 슈투트가르트에 와서도 똑같다.

물론 하루나의 탓이다. 다른 누군가의 잘못이 아니다. 장식도 화장도 귀찮아하면서, 다른 애들처럼 예뻐지고 싶다면 뻔뻔한 욕심이다. 사실 그런 거 바라지도 않는다. 다만 이 답답함의 끝은 도대체 어디일까? 멍하니 빨갛고 예쁜 과일을 바라보고 있는데 같은 반 에리카가 바구니를 들고 지나갔다.

"에리카."

에리카가 미소를 지으며 돌아다봤다.

"어머, 하루나."

하루나는 그 빨간 과일 팩을 에리카에게 보였다.

"이 과일 뭐야? 먹을 수 있어?"

그걸 보던 에리카는 눈을 꿈벅꿈벅했다.

"그라나톱펠이야. 먹을 수 있지. 그대로 스푼으로."

"이 과일 뭐야?"라고 독일인인 에리카에게 물어본 건 실수다. 만약 하루나가 사과를 보여주며 "뭐야?"라고 묻는다면 "사과."라고 대답할 수밖에 없을 것이다.

일단 사서 집으로 돌아간 후, 사전을 찾아보기로 했다.

"일본에서는 그라나톱펠 안 먹니?"

"나는 처음 봤어. 아마 일본에서도 먹을 거야."

"독일에서도 팔지만, 수입품일 거야. 사라라면 재미있게 먹는 법을 알고 있을지도…."

사라는 같은 기숙사에 있는 이란인 유학생이다. 학교에서는 히잡으로 머리를 가리고 있지만, 기숙사에서는 숏팬츠 차림으로 방을 활보한다. 이슬람교도 여성은 실내에서도 머리와 신체 라인을 가리고 있을 줄 알았다. 숏팬츠로 기숙사 복도를 걷는 사라를 보고 처음에 다른 사람인 줄 알았던 것도 무리는 아니다.

실내에서 사라는 독일인이나 일본인 여자들과 조금도 다르지 않다. 화려한 원피스나 미니스커트를 입기도 한다. 발톱에도 빨간색 페디큐어를 바르고, 머리는 펌을 했다.

그러다 외출할 때는 모든 것을 검은 천으로 감춘다.

사라와는 사이가 좋은 편이다. 물론 하루나는 페르시아어를 모르고, 사라도 일본어를 할 줄 모른다. 짧은 독일어로 엉성한 대화를 하면서, 눈이 맞으면 서로 상냥하게 미소를 지어 준다. 눈매가 깊고, 큰 눈을 가진 사라는 대단한 미인이다. 미소를 보여주면 살짝 설렌다.

기숙사로 돌아와 사전으로 'Granatapfel'을 찾았다. 석류라고 적혀 있었다. 석류라면 알고 있다. 그림과 사진으로 본 적 있고 음료로도 마셔본 적 있다. 다만 일본 마트에서는 잘 팔지 않으니 과육을 먹을 기회는 없었다. 석류 생산국인 이란에서는 요리에 자주 사용한다고 들은 적이 있다.

사 온 팩을 열어서 물로 씻은 후 스푼으로 입에 넣어 봤다. 작은 알갱이를 씹어서 터트리니, 산미가 있는 상큼한 과즙이 입안을 가득 채웠다. 너무 달아서 놀랄 정도로 맛있다. 그러나 맛있는 건 처음뿐. 작은 알갱이 하나하나에 들어있는 딱딱한 씨앗들이 입안에서 자기 주장을 펼치기 시작했다. 입에서 뱉어내기에는 너무 많고, 너무 잘다. 그대로 씹고 있자니 입안에 거친 맛이 남는다. 어찌어찌 고생스럽게 씨를 씹어 삼키고, 다음 한 입을 입안에 넣어도 마찬가지였다. 처음에는 달고 향이 진한 과즙이 입안 가득 퍼진다. 그러다 곧바로 씨앗들이 불편한 주장을 펼치기 시작하는 것이다.

신기한 과일이었다. 매혹적이지만 귀찮다. 석류를 일본에서 왜 편하게 살 수 없었는지 곧 이해가 됐다. 포도와 수박의 경우 씨앗을 아예 없애버리고 파는 상품이 인기를 끌 정도로 일본인은 귀찮은 것을 싫어한다. 독일인은 포도의 씨앗과 껍질도 그대로 삼킨다. 하루나가 일본에서 하던 것처럼 포도 껍질을 벗기다가는 웃음거리가 된다. 일본인으로서 자기는 예민하지 않은 편이라고 생각했는데, 하루나는 아직도 포도 씨앗을 삼킬 수가 없다. 석류 씨는 포도 씨보다도 훨씬 잘아서 삼킬 수 있지만 귀찮은 건 마찬가지다. 뱉어보기도 하고 삼켜보기도 하는 시행착오를 반복하면서 겨우 팩 절반을 먹어갈 즈음 지쳐버렸다. 만약 블루베리였다면 한자리에서 먹어치울 수 있는 양이었다. 하루나는 절반 남은 석류 팩에 이름을 쓰고, 기숙사 냉장고에 넣어두었다.

슈투트가르트는 독일 남서부의 도시다. 대학에 들어갈 때까지는 어떤 도시인지 몰랐고, 이름 외우는 것조차 시간이 걸렸다. 'Stuttgart'라는 스펠링은 지금도 쓸 때마다 T가 너무 많아 웃음이 난다. 자음투성이로, 모음이 두 개밖에 안 되니 일본인에게는 발음이 어렵다. 반년 넘게 살고 있지만 아직도 파악하기 어려운 마을이다. 슈투트가르트는 생각보다 큰 도시였다. 일본에서는 그다지 유명하지 않아서 목가적인 시골 마을일 거라고 지레짐작했었다. 막상 와본 이 도시에는 근대건물과 고층건물이 줄지어 서 있었다. 거대한 쇼핑센터도. 벤츠와 포르쉐의 본사가 있는 곳이니, 시골일 수가 없다. 그런데 도시 한 가운데에는 궁전이 있고, 전철로 15분만 가면 그림처럼 귀여운 시골 마을이 나타난다.
슈투트가르트가 있는 바덴뷔르템베르크주에는 검은 숲이라고 불리는 울창한 삼림지대가 있다. 지난달 여름방학에 뮌헨 여행을 갔을 때는 고성의 아름다움과 동화 속 마을보다 아름답게 펼쳐지는 차창 밖 풍경에 눈을 빼앗겼다.

숲과 나무는 일본이든 해외든 크게 다르지 않을 것이라고 여겼는데, 막상 보니 달라도 너무 다르다. 나무 종류도, 녹색의 색감도, 공기의 냄새도 다 다르다. 그 풍경을 보면서 비로소 하루나는 멀리 오기를 참 잘했다고 생각했다. 독일에 온 지 벌써 6개월이나 지났는데.

처음에는 무아지경이었다. 말을 배우고 수업을 따라가는 것만으로 버거웠다. 지금까지 외국인과 이야기를 한 적도 없는 하루나는 독일인 선생님과 학생들, 여러 나라에서 온 유학생과 한꺼번에 교류해야 했다. 너무 많은 정보를 처리해야 하는 현실에 머리가 터질 것 같았다. 자신이 멀리까지 와 있다는 사실조차 잊어버릴 정도였다. 엄마에게 연락조차 못했다.

프랑크푸르트에서 비행기를 타면 일본까지 13시간. 돌아가려면 언제라도 가능하다. 그러나 만약 어떤 이유로든 비행기를 못 타게 된다면, 돌아가기 힘들다. 일본 국내라면 열차와 배를 갈아타고도 갈 수 있고, 혼슈라면 최악의 경우 걸어서 돌아갈 수도 있다. 현실적이지 않지만, 에도시대에는 그렇게 여행했을 것이다. 열흘이 걸릴지 한 달이 걸릴지 모르지만, 걸어가다 보면 언젠가는 도착할 것이다.

그러나 독일에서 걸어서 돌아가는 것은 절대로 무리다. 열차를 타고 돌아살 수도 없고, 배가 있는시 아닌시도 모른나. 성말로 멀다. 지금 같은 대학에서 함께 공부하는 친구들 중 언젠가 일본을 방문했거나 앞으로 갈 사람은 얼마든지 있다. 거리에서 지나치는 사람 중에도 일본이라는 나라에 관심 있는 사람이 얼마나 많을까. 그렇게 생각하자 하루나는 갑자기 무서워졌다.

애초에 왜 유학을 떠나려고 했을까. 스스로도 잘 모르겠다. 엄마에게는 '무슨 일이 있어도 가고 싶다' '오랜 꿈이었다'고 말했었다. 거짓말은 아니었다. 하지만 꿈이라고 해도 '해외 유학 멋질 것 같다' 정도의 가벼운 꿈이었다. 그렇게 생각하는 사람은 하루나 말고도 많을 것이다.

독일 문학을 좋아하지만, 연구자로서 사는 것은 쉬운 일이 아니다. 직업으로서 일할 수 있는 자리도 적다. 유학 자체가 자신에게 얼마나 이득이 될지도 알 수 없다. 오히려 손해가 될 가능성도 크다. 3학년이 되어 떠나는 유학은 취업활동에 미치는 영향이 너무 크다. 교환학생 프로그램에 참가한 학생은 하루나 외에도 많지만 모두 대학원에 진학할 계획이다. 대학원은 가지 않을 것이다, 하루나는 그렇게 결심했다. 더는 엄마에게 부담을 줄 수가 없다.

그런데 왜 유학 같은 걸 생각했을까. 교환 유학이라는 시스템이 있어서, 원하면 자기도 유학갈 수 있다는 사실을 알았을 때, 몸이 후끈 달아올랐었다.

가고 싶다. 낯선 곳에 가서 낯선 사람들과 섞여 생활하고, 독일 문학에 흠뻑 빠져보고 싶다. 그것은 꿈이나 목표라기보다 좀 더 생생한 감정이었다. 욕망으로 친다면, 명예욕이나 지식욕 같은 것이 아니라 식욕과 성욕에 가까운 열렬한 충동…. 공복을 참을 수가 없어서 접시에 있는 음식을 손으로 입에 가져가는 것 같은, 그런 기세로 하루나는 유학 준비를 했고 독일까지 와 버렸다.

엄마에게는 당연히 미안하다. 결국 엄마에게 송금을 받아서 생활하고 있다. 무엇보다 엄마는 쓸쓸해 보였다. 한부모 가장으로 지금까지 일해 온 엄마에게 또다시 부담을 주고 말았다. 생각이 거기에 미치면 마음이 아프다. 유학을 포기하겠다는 생각은 하지 않았다. 무언가 하루나를 등 떠미는 것이 있었다. 그것이 무엇인지는 지금도 모른다.

컴퓨터를 켜고 이메일을 확인하니 엄마로부터 메일이 도착해 있었다. 일본 핸드폰은 이곳에서도 사용 가능하지만, 단순히 번호를 유지하기 위해 비싼 사용료를 내는 게 아까웠다. 그래서 해약한 뒤, 저렴한 현지 폰으로 다시 개통했다.

엄마에게 전화번호를 알려주었지만, 전화가 걸려오는 일은 없었다. 항상 컴퓨터로 확인하는 이메일만 보내올 뿐. 급한 용건이 없다는 것은 다행이다. 이메일을 여니 동창회 안내장이 집에 도착했다는 소식이었다. 11월이라고 하니 가는 것은 어렵다. 엄마에게 결석한다는 엽서를 보내달라고 했다. 한데 이메일 아래에 이렇게 쓰여 있었다.

'크리스마스 휴가는 있겠지. 비행기 삯 줄 테니 귀국하렴.'

아직 9월이므로 꽤 멀게 느껴졌다. 엄마답지 않다고 생각하는 동시에 가슴이 찡하고 아려왔다. 아마도 엄마는 하루나가 다른 일정을 잡기 전에 미리 통보하고 싶었던 것 같다. 절대로 돌아가지 않겠다는 건 아니다. 독일의 겨울은 일본과 비교할 수 없을 정도로 춥다. 처음 이곳에 도착한 때가 한파의 절정기였다. 그때 너무나 추운 나머지 뼈에서 삐걱삐걱 소리가 들리는 것 같았다. 아무리 껴입어도 몸속 깊은 곳이 차갑게만 느껴졌다.

크리스마스는 일본에서 지내는 게 훨씬 편하겠지.

그러나 하루나가 독일에서 공부하는 건 내년 3월까지로 정해져 있다. 슬퍼도 좋아도 4월 신학기가 시작되기 전에 일본으로 돌아가야만 한다.

크리스마스 시즌에는 비행기 값도 비싸다. 앞으로 일년간 더 체류해야 하며 크리스마스 연휴에만 갈 수 있다면 모르겠다. 하지만 3개월만 지나면 영구 귀국해야 한다. 그런 마당에 굳이 다녀올 필요가 있을까. 엄마를 만나고 싶지만, 시험과 리포트 준비도 해야 한다. 그래서 답장에 이렇게 썼다.

'엄마가 오면 좋을 텐데. 크리스마스 일루미네이션이 매우 아름답거든.'

본 적도 없으면서 아는 척을 했다. 그래도 이 근처에는 유명한 크리스마스 마켓도 있고, 관광객도 많이 온다고 들었다. 이곳에 체류하면서 그걸 놓치기는 아까웠다. 그렇게 쓰면서도 확신했다. 엄마는 오지 않을 거라고.

동물병원에서 수의사로 일하는 엄마는 항상 바빴다. 갑자기 담당 동물의 증상이 악화하는 바람에 오밤중에 뛰어간 일도 허

다했다. 그렇다고 세상 모든 수의사와 의사들이 해외여행도 바캉스도 가지 못하는 것은 아니다. 엄마가 일하는 병원에는 수의사가 여럿이지만, 엄마가 동료들을 대신하는 일도 잦았다.

요점은, 엄마의 성격이 문제다. 좋게 말하면 책임감이 강하다. 나쁘게 말하면 무슨 일이든 끌어안는다. 성격을 바꾸는 것은, 단순히 휴가를 잡는 일보다는 훨씬 어려운 게 아닌가.

문득 생각했다. 석류를 먹었을 때의 감각은 기억이 선명하다. 처음 한입은 맛있어서 이렇게 환상적일까 싶은 체험이었다. 좋아지는 순간이다. 그러나 곧 감동이 줄고, 씨앗을 뱉는 일도 귀찮아진다. 최초의 행복은 사라져 돌아오지 않는다. 입안의 씨앗들을 뱉어내는 것이 귀찮아서 그대로 삼켜도 목에 걸린다. 빈복히다 보면, 처음의 감동 같은 건 사라져 버린다.

대학에 들어간 것도, 아르바이트해서 스스로 돈을 벌게 된 것도, 유학을 결정한 것도, 이곳에 와서 공부하고 있는 것도….

지금은 씨앗들만 으드득 씹는 듯한 기분이다. 여기서 공부하는 것은 행복한 일이고, 운이 좋았다는 것도 알고 있다. 스스로 돈을 모으기는 했지만 결국 엄마에게 도움을 받고 있다. 본래 대학 학비는 엄마가 내준다고 했지만 대학이 교환학생을 모집하지 않았다면, 혼자 유학하는 것은 불가능했다. 그런데도 감사의 마음을 유지하기는 쉽지 않다. 혜택받은 환경도 어느새 일상으로 바뀌어 버린다. 더구나 매일 과제와 이문화의 충격에 직면하는 몸으로서는.

왜 그렇게 격한 충동에 휩쓸려 일본을 벗어나려 했는지 지금은 도대체 알 길이 없다. 공부를 열심히 하지만, 따라가는 것만으로 버겁다. 돈과 시간을 들인 만큼 무언가 얻기는 하는 것일까? 불안감이 드는 건 어쩔 수 없다.

어제 사 온 석류는 냉장고에서 조금씩 말라가고 있다.

다음 날이었다.

기숙사에서 학교로 향하는 길에는 커다란 공원이 있고, 노인과 아이들이 공원에 모여 햇살을 받곤 했다. 밤에는 너무 조용해서 불안하니까 큰길로 걸어 다니지만, 아침과 점심은 공원을 가로질러 걸어가는 게 기분 좋았다.

그날도 하루나는 수업에 필요한 책을 안고, 서둘러 공원을 가로지르는 중이었다. 나무 아래 사람들이 모여있었다. 가까이 가니 에리카의 모습이 보였다. 그녀도 하루나를 발견하고 손을 흔들었다.

"무슨 일이래?"

"저기 부엉이가 있어."

그녀가 손가락으로 가리킨 나무에 새하얀 부엉이가 앉아 있었다. 어딘가 불안한 모습으로, 부엉이는 지상에 있는 사람들을 내려다보았다.

"야생 부엉이? 공원에 자주 오는 애야?"

분명 미국과 유럽에 서식하는 외양간부엉이다.

"아니. 어두운 숲에는 있겠지만 이런 데까지 나오는 일은 없어. 누군가가 키우던 녀석이 도망쳤을 거라고 얘기하고 있어."

하루나도 공원에서 부엉이를 본 적은 없다. 토끼나 고슴도치를 본 적은 있지만. 가까이 다가서다가 부엉이와 눈이 마주쳤다. 떨고 있거나 곤란한 듯한 표정이었다.

가까운 곳에 고깃집이 있는 걸 떠올린 하루나는 일단 거기를 떠났다. 고깃집에서 닭살을 사서 한입 크기로 잘라 달라고 부탁한 뒤 공원으로 돌아왔다.

잘 될지 어떨지 모르지만, 목에 두르고 있던 솔을 팔에 감고 손을 뻗었다. 다른 한 손에는 닭고기를 들어 보였다.

"이리 와."

일본어로 불러봤다. 부엉이는 날개를 살짝 움직였다. 말이 통한 듯한 기분이 들었다.

"괜찮아. 무섭지 않아. 이리 와."

다시 한번 부르니, 부엉이가 날갯짓하며 하루나의 팔에 내려앉았다. 모여있던 사람들로부터 환성이 터졌다.

"어떻게 한 거야? 마술 같아!"

"마술은 아니고. 이 아이가 배고팠던 것 같아."

반려동물로 키워진 아이라면 스스로 먹이를 잡을 수가 없다. 모르는 사람이 무섭지만, 배가 고프면 거절하지는 못한다. 부엉이는 하루나의 손에서 닭고기를 물어 거의 통째로 삼키기 시작했다.

수업에 가야 하지만, 부엉이를 그대로 둘 수는 없었다. 주인을 찾아주지 않으면 곤란하다. 하루나는 에리카에게 부탁했다.

"오늘 수업에 못갈 것 같아. 이 아이를 방치할 수 없잖아."

에리카는 웃으며 윙크했다

"OK. 교수님께 이야기해 둘게."

기숙사로 돌아가는 길에 무서워서 날아가 버리지나 않을까 걱정했지만, 부엉이는 얌전히 하루나의 팔에 앉아 있었다. 하루나를 신뢰하기로 마음먹은 모양이었다.

기숙사에 돌아가 교직원에게 설명했다. 독일은 동물에게 친절한 나라니까, 혼나지 않을 것 같았다. 하루나 역시 키우려고 데려온 것이 아니다. 맡길 곳이 있다면 맡기고 싶다.

기숙사 직원인 아그네스는 전화를 걸어 시청의 동물 담당 부서를 물어봐 주었다. 아직 학교에 가지 않았던 타냐가 계단을 내려오다가 하루나의 어깨에 앉아 있는 부엉이를 보고 눈을 동그랗게 떴다.

"무슨 일이야, 걔는?"

공원에서의 일을 설명했다. 부엉이는 이제 안심한 모양인지, 하루나가 등을 쓰다듬으니 기분 좋은 표정을 지었다.

"부엉이, 키워 본 적 있어?"

"키워 본 적은 없지만, 부엉이가 집에 머물렀던 적은 있어."

"무슨 뜻이야?"

되묻는 타냐를 보며 하루나는 웃음을 지었다. 설명하자면 길어진다.

집에 있었던 부엉이는 '츠키(달)'라는 이름이었다. 달처럼 동그란 얼굴을 하고 있어서였다. 아니, 하루나의 부엉이는 아니었으므로 엄마와 하루나가 츠키라고 부르기로 했을 뿐이다.

이 아이처럼 어딘가에서 키워졌을 텐데, 미아가 된 건지 버려졌는지 보호소를 거쳐 엄마가 일하는 동물병원까지 온 것이다. 보호소에서 키우기가 곤란해 동물병원으로 데려온 것인데, 보건소에서는 부엉이를 돌봐 줄 사람도 없었다.

그래서 어쩔 수 없이 집으로 왔던 거다. 단지 내에서는 개와 고양이 같은 반려동물 사육이 금지되었지만, 부엉이를 키우면 안 된다는 내용은 규약에 없었다. 작은 새는 키워도 되니까, 새의 연장선으로 간주하기로 했다. 계속 키울 것도 아니고, 주인이 나타나면 바로 돌려보낼 것이라고 엄마는 말했다.

어른스럽고, 현명한 새였다. 사람에 익숙해져서 혼자 남겨지는 것을 싫어했다. 보통 때는 거의 울지 않지만, 혼자 남겨진다는 사실을 알 때는 슬프게 울었다. 하루나가 주방 식탁에서 공부할 때면, 테이블 위에서 가만히 지켜보고 있었다. 종종 지우개 등을 쪼거나 부리로 굴리며 놀았다. 엄마가 신문을 보고 있으면 부리로 신문을 넘기려고도 했다. 도와주려고 하는 것 같았다.

집에 머물렀던 기간은 고작 2개월. 키우고 싶다는 사람이 나타나서 츠키는 그 사람에게로 갔다.

그런 일은 한 번이 아니었다. 집에 새끼 고양이가 들어올 때도 있었다. 동물병원에서 데려온 새끼 고양이로, 낮에는 엄마가 병원에서 돌봐주고 밤에는 집에 데려오는 식이었다. 죽어버린 아이도 있었고, 건강하게 잘 커서 입양된 아이도 있었다.

그런 생활을 하며 하루나는 알게 됐다. 야생이 아니며 사람에게 관리된 동물의 생명을 지켜주는 것은 사람 책임이라는 사실을. 자신이 책임질 수 없으면 무리하지 말고 다른 사람에게 맡겨야 한다. 처음부터 손대지 않는 것도 필요하지만, 손 쓰지 않을 경우 약해져 죽게 될 목숨이라면 가능한 모든 수단을 써봐야 한다. 집에 있던 부엉이에게는 닭고기뿐만 아니라 냉동 쥐도 줬지만, 당장의 음식이라면 닭고기로 충분하다.

"엄마가 수의사라서 길 잃은 부엉이를 돌봐준 적이 있어."

그렇게 말하니 타냐는 납득한 듯했다. 탸냐와 이야기하고 있을 때 아그네스가 전화를 끊고 돌아왔다.

"동물보호시설에서 부엉이를 돌봐준대. 그래도 일단 부엉이 분실신고가 없는지 조사한 뒤 다시 알려주겠다고."

그 말을 듣고 안심했다. 기숙사에서 오랫동안 부엉이를 키울 수는 없다. 게다가 하루나는 내년 봄에 일본으로 돌아가야 한다.

부엉이는 하루나의 팔에서 내려 가까운 의자로 날아 앉았다. 그리고 테이블에 올라가는 등 기숙사를 탐험하기 시작했다. 조금 편해진 모양이었다. 바깥보다도 기숙사에 데려온 후 더 안정

된 듯 보였다. 역시 실내에서 키워진 아이다. 그러나 기숙사 학생 중에는 부엉이를 무서워하는 사람도 있을지 모른다.

"이쪽으로 와."

말을 하자 부엉이는 다시 하루나의 팔로 날아왔다. 신뢰받는 듯해서 기뻤다.

"내 방으로 데려갈 테니까, 무슨 일 있으면 연락주세요."

계단을 올라가는 동안에도 부엉이는 얌전하게 하루나의 팔에 멈춰 있었다. 자신도 모르는 사이에 마음속으로 '츠키'라고 부르고 있었다. 물론 그럴 일은 없다. 도쿄라면 100분의 1 정도의 확률이라도 있을지 모르지만, 여기는 멀리 떨어진 이국땅이다. 하루나와 츠키가 재회할 확률은 몇만 분의 일 혹은 몇억 분의 일인지도 모른다. 두꺼운 책 속에서 난 한 글자를 찾는 것과도 같다. A는 모두 같은 A로 보이지만, 그 안에서 오직 하나의 A를 찾지 않으면 안 되는….

가능성이 없는 일이다. 방문을 닫으니, 부엉이는 날갯짓하며 하루나의 캐리어 위에 앉았다. 고모의 유품이라고 하지만, 진짜로 고모가 사용했는지 알 수가 없는 캐리어.

엄마는 친척들이 적당히 그럴만한 걸 찾아서 고모의 유품이라고 갖다 준 게 아닐까 짐작했다. 그럴 수도 있다. 고모는 여행같은 거 하지 않았던 사람이니까. 그런 건 아무래도 상관없다. 고모가 갖고 있던 것, 그것도 볼 때마다 고모를 생각나게 해주는 것이면 족하다. 유품은 산 사람이, 이제는 여기에 없는 사람을 떠올리기 위한 것이니까.

부엉이는 캐리어 위에 앉은 채로, 침대에 앉은 하루나를 보며 고개를 끄덕거렸다. 츠키도 같은 행동을 자주 했다. 익숙지 않은 소리를 들을 때는 고개를 크게 움직였다.

"있잖아, 츠키. 나 너를 만나기 위해 여기에 왔을까?"

스스로도 모르게 나온 말이었다. 그럴 리 없다는 걸 알면서도, 그랬으면 좋겠다는 생각이 들었다. 부엉이가 올라탔던 팔에는 작은 여러 줄의 붉은 상처가 생겼지만, 그건 대수롭지 않았다. 부엉이는 또다시 고개를 위아래로 움직였다. 어쩌면 일본어를 듣는 게 처음인지도 모른다.

방문을 노크하는 소리가 들렸다. 하루나는 일어나서 문을 열었다. 아그네스였다.

"주인이 찾고 있는 모양이야. 지금 곧장 이쪽으로 온대."

나타난 사람은 40대 정도의 갈색머리 여성이었다. 브리짓이라는 이름의 그녀는 맹금류를 조련해 쇼를 한다고 했다. 여성은 부엉이를 보더니 눈을 반짝였다.

"다행이다. 실은 3일 전에 돌아갈 예정이었는데, 이 아이를 찾기 위해 남았더랬어요."

벨기에 겐트에서 쇼를 위해 왔었다고 한다.

"보호해 줘서 정말 고마워요. 미아가 돼서 못 찾으면 어쩌나, 정말로 걱정했어요. 이 아이는 내 딸 같은 아이라서."

그다지 강한 감정은 드러내지 않았지만, 목소리에 듬뿍 담긴 애정이 느껴졌다.

"치킨을 조금 줬어요."

"부엉이 키워 본 적 있어요?"

브리짓의 질문에 하루나는 대답했다.

"잠시요. 엄마가 수의사여서, 미아가 된 아이를 잠시 집에서 돌봤어요."

이 말을 듣고 브리짓은 웃었다.

"운이 좋았어요, 정말. 당신 같은 사람에게 발견되어서."

부엉이는 브리짓에게 응석을 부리고 있었다. 브리짓의 옷을 부리로 쪼고 손바닥에 머리를 부비고….

"많이 보고 싶었나 봐요."

"네. 새끼일 때부터 제가 모이를 주며 키웠거든요."

그렇다면 이 아이는 츠키가 아니다. 그럴 일은 없다고 생각했지만 조금 슬퍼졌다. 슬픔을 떨치기 위해 물었다.

"부엉이 쇼라면…, 어떤 건가요?"

"여러 가지가 있죠. 예를 들면 결혼식에서 이 아이가 반지를 가져다주는 거."

"그런 것도 가능해요?"

"그럼요, 얼마나 똑똑한데…."

부엉이가 똑똑하다는 건 들어서 알고 있다. 그러나 서커스 같은 예능을 하는 건 본 적이 없다.

"정원의 가제보나 교회 앞에서 신부가 손을 뻗고 기다리면, 이 아이가 발로 반지 봉투를 가져다주는 거예요. 로맨틱하죠?"

"네, 정말로요."

자신이 결혼할 일이 있을지 모르지만, 그런 결혼식이라면 참가해보는 것만으로 즐거울 것 같다.

"쇼를 하다가 도망친 거예요?"

하루나가 물으니, 브리짓은 고개를 가로저었다.

"아뇨. 쇼나 결혼식이 있을 때는 이 아이들의 먹이를 줄여야 해요. 체중을 보통 때보다 떨어뜨려서 공복 상태를 유지하는 거죠. 그렇게 해 두면 절대로 도망가지 않아요. 이 아이는 쇼를 마친 후 먹이를 얻게 되리라는 사실을 이미 알고 있으니까."

새끼 때부터 사람 손에 키워진 부엉이는 스스로 사냥할 수가 없으므로, 공복을 스스로 해결할 수도 없다.

"그런데 이전 쇼를 마치고 한동안 할 일이 없어서 충분히 먹여버렸어요. 그러자 스스로 새장을 열고 도망쳐 버린 거지…."

공복이었다면 도망갈 생각을 하지 않는다. 그런데 배가 부르자 이 아이는 불현듯 넓은 하늘이 그리워졌던 것인가.

재주 좋은 부리로 새장을 열고 하늘을 향해 날갯짓했다. 왠지 가슴이 아파왔다.

나다, 내가 바로 부엉이구나!

하루나는 배가 불렀다. 아빠와 엄마는 이혼했지만, 아빠로부터도 엄마로부터도 사랑받고 자랐다. 그리고 고모에게도. 좋아하는 책이 생기면, 좋아하는 책을 읽으며 공부할 수 있었다. 자신이 어딘가 세상과 맞지 않는다고 생각했지만, 그렇다고 궁지에 몰리거나 핍박받은 적도 없었다.

친구들과 다소 거리를 두었지만, 그건 하루나 스스로 만든 거리였다. 그녀들은 그런 하루나를 친구로 생각해 주었다. 그래서, 자신이 그렇게 충동적으로 일본에서 날아와 버렸는지도 모른다. 먼 하늘이 눈부셔 보여서, 하늘을 향해 날아가고 싶어진 것이다.

부엉이는 브리짓과 만나자 기뻐했다. 저항도 하지 않고 새장 안으로 쏙 들어갔다. 하루나도 자신이 있는 세계가 싫어서 도망 온 것은 아니다.

현관까지 배웅하면서 하루나는 브리짓에게 물었다.

"이 아이 이름이 뭔지 알려주시겠어요?"

"루나, 라고 해요."

"달처럼 둥근 얼굴을 하고 있으니까요?"

하루나의 질문에 브리짓이 웃으며, "예스."라고 대답했다. 단순한 우연이었다. 다만 운명이라고 여겨졌다.

엄마는 정말로 크리스마스 휴가 때 일본에서 이곳으로 날아 왔다. 공항까지 마중을 갔다가 카트에 박스를 두 개나 쌓아서 밀고 오는 엄마를 보고 놀랐다.

"엄마, 캐리어는?"

"그런 거 안 사. 어차피 해외여행 같은 거 다시 안 할 거라."

변함없이, 대충대충 참 건조한 사람이다.

"하다못해 빌리기라도 하면 좋을 텐데."

"운반만 할 거면, 종이박스로도 충분하다."

엄마가 체류하는 기간은 고작 3일. 로맨틱 거리와 뮌헨을 안내하고 싶었지만, 그럴 시간이 없었다.

"관광하려는 게 아니다. 네가 어떤 동네에서 살고 있는지 궁금했던 것이니 사흘이면 충분하다."

엄마는 그렇게 말했다. 그러니 슈투트가르트를 안내하고, 근교의 작은 동네까지만 가면 일정이 끝날 듯했다. 겨울은 정말 추워서 관광명소에 가는 버스도 줄어든다. 호텔도 예약하지 않았다. 타냐는 모스크바로 돌아가서, 침대가 비어있었다. 엄마를 학생기숙사에 묵게 할 생각이었다. 3일간의 짐치고는 박스가 크다고 생각했는데, 기숙사에 도착해서야 궁금증이 풀렸다.

박스 안에서 갖가지 음식이 나왔다. 인스턴트 된장국과 전자레인지용 즉석밥, 하루나가 좋아하는 치킨라멘과 하기노 츠키(센다이 카스테라), 큐피 마요네즈까지 있었다. 얼마 전 메일에서 '독일 마요네즈는 일본 것과 맛이 달라서 영 익숙해지지 않네.'라고 썼던 걸 기억했던 모양이다. 기쁘지만 좀 과했다. 앞으로 3개월 동안 다 먹을 수도 없는 양이었다. 남으면 여기저기 일본 친구나 아는 사람들에게 나눠주면 된다. 모두 좋아할 것이다.

두 번째 박스에는 하루나가 부탁한 만화와 잡지 등이 가득 들어 있었다. 이북으로 나온 것이면 독일에서도 사서 읽을 수 있는데, 그렇지 않은 것도 많다.

"엄마 짐은?"

"샴푸하고 비누는 많이 안 쓰니, 네 거 빌려 쓰면 되고. 속옷과 양말 정도는 가지고 왔다."

기내 반입 가능한 작은 가방 하나가 엄마 짐인 듯했다.

"스웨터와 코트는 계속 입으면 되고, 갈아입을 속옷만 있으면 되는 거 아닌가."

엄마는 당당하게 말했다. 어쩌면 엄마 같은 사람이 가혹한 해외여행에 적합할지도 모른다. 가령 수의사로서 저개발국에 가라고 하면, 엄마는 아무 주저함 없이 가서 생활할 수 있을 것이다.

"여름 물건들은 이제 필요 없을 테니까, 갈 때 내가 가져갈게. 일 년 정도 생활하다 보면 짐도 늘었을 텐데."

명료한 사람이다. 하루나는 이코노미석으로 돌아갈 예정이라 짐을 많이 부칠 수 없다. 따로 보내는 것도 비싸다. 어떻게 할지 고민했었다. 엄마 찬스를 이용해 옷가지와 다 읽은 책, 필요 없는 것들을 제한 중량에 맞춰 보내기로 했다. 엄마의 첫 해외여행이라기보다 독일까지 딸 뒤치다꺼리하러 온 것 같이 되어버렸다. 엄마는 하루나의 얼굴을 보며 흐뭇한 웃음을 지었다.

"건강해 보여서 정말 다행이다. 고생해서 뼈만 남았으면 어쩌나 걱정했구만…"

엄마가 그런 걱정을 할 거라고는 상상도 하지 않았다. 사진이라도 보냈더라면 좋았을걸….

"살이 조금 오른 건가?"

"여기 밥이 양이 많아."

맛있는 음식도 많이 알게 됐다. 앵두 케이크, 치즈 케이크, 지금 철에는 크리스마스용 슈톨렌도 있다. 엄마는 단 걸 좋아하니까 기뻐할 것이다. 유감스럽게도 석류는 이미 시즌이 끝나 버렸다. 석류를 함께 먹으며 석류와 인생과의 상관관계를 이야기하면 좋았을 텐데. 엄마라면 하루나의 말에 동의해 줄 것 같았다.

갑자기 어떤 생각이 났다.

"그러면, 엄마. 고모 캐리어를 들고 돌아가는 게 어때?"

"그럼 너는 어떻게 하고?"

"나는 갈 때 짐도 많아져서, 그야말로 박스가 필요해."

박스라면 캐리어보다 훨씬 가볍고 더 많이 넣을 수 있다.

"알았다. 내가 갖고 가지 뭐."

엄마는 변하지 않는다. 언제나 빨리 결정한다.

창밖이 어두워지기 시작했다. 크리스마스 일루미네이션을 보러 가기 좋은 시간이다. 일년 중 가장 아름답게 장식된 거리를 보면서, 엄마랑 오순도순 이야기할 것이다. 츠키와 닮은 아이를 만났어,라며.

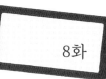

8화

사랑에 빠지는 장소

버스는 구불구불 산길을 달리고 있었다. 아침부터 계속 내리는 비가 창밖을 적셨다. 모처럼 휴가인데 비가 오는 건 아쉽지만, 오늘은 관광하지 않고 온천에서 푹 쉬며 지낼 예정이라 상관없었다. 내일은 맑은 날이 되기를 기도할 뿐. 비에 흠뻑 젖은 창문에 몸을 기대어 경치를 바라보았다.

녹음이 짙구나, 유리카는 생각했다. 저 끝까지 이어지는 침엽수림은 공원에서 보는 관리된 녹색과는 전혀 다른 녹음이었다. 생명력이 넘치며 당당했다. 잘못 발을 들이는 사람이 있다면, 낚아채서 잡아먹을 것 같은 느낌이랄까. 나무의 종류는 전혀 다르지만, 인도네시아 정글이 떠올랐다.

유리카의 본가도 시골이지만, 풍요로운 전원 풍경이 펼쳐진 환경이라 이곳과는 전혀 다르다. 버스 창밖으로 보이는 경관에서 눈을 뗄 수가 없었다. 옆에 앉은 나카노 하나에는 꾸벅꾸벅 졸고 있었다. 이렇게 멋진 풍경을 못 보는 게 안타까웠지만, 탈 것에 약해 멀미약을 먹었다고 말했었다. 졸리는 것도 당연하다.

뒷좌석을 보니, 사와 유코가 창에 머리를 댄 채 물끄러미 밖을 보고 있었다. 유리카가 뒤돌아보는 것도 알아차리지 못했다. 이상하게 심각한 얼굴이라 조금 신경이 쓰이지만 어쩐지 말을 걸기가 어려운 분위기였다.

유리카는 자리를 고쳐 앉았다. 하네다에서 간사이국제공항으로 날아와 거기서 전철을 타고 기이타나베에서 버스로 갈아탔다. 아침 일찍 집을 출발했는데 벌써 점심 무렵이다.

오랜만에 친구 네 명이 여행을 하기로 한 것은, 하나에의 결혼이 결정되었기 때문이다. 올 초에 알게 되었다는 같은 직장의 연하남과 내년에 식을 올린다. 꽤나 속전속결 결혼식이다.

얼마 전 만나서 소개받았는데 느낌이 좋은 사람이었다. 첫 대면하는 여자들에게 둘러싸여 위축되거나 분위기 맞추려고 억지로 애쓰지도 않고 자연스럽게 행동했다. 하나에는 연신 웃으며 흐뭇한 듯 그를 바라다보았다. 좋은 사람이고 하나에와 잘 어울린다는 느낌이었다.

한 번 만났을 뿐이고 아무것도 모르지만, 딱 한 번의 만남으로 알 수 있는 것은 많다. 친구의 남자 친구를 소개받았는데 어딘가 호감이 느껴지지 않았을 때, 그 직감이 맞은 경우가 여러 번 있었다. 거기까지 생각하다 유리카는 쓴웃음을 지었다.

자신도 남자친구 선택에 실패한 경험이 많으면서, 다른 사람을 한눈에 파악하는 게 가당키나 할까. 그러나 곰곰이 돌아보면,

사귀어서 안 좋은 일을 겪거나 심각한 방식으로 이별하는 상대는 사귀기 전부터 어딘가 이질감을 느꼈었다.

이질감이 감지된 순간 멈추면 그만이건만, 그 이질감을 그때는 신중하게 믿지 않는 것이다.

소비기한이 지난 음식을 '이 정도는 괜찮겠지.' 하며 입에 넣은 결과, 배탈이 나는 것과 같은 이치다. 때로는 소비기한이 지난 음식을 먹지 않을 용기가 필요하다.

다른 사람은 어떻게 할까. 이상한 느낌이 들면, 더는 얽히지 않으려고 서둘러 피할까. 하지만 그렇게 사는 건 세상을 좁혀버리고, 좋은 사람 만날 기회를 놓쳐버리는 일인지 모른다. 그렇다면 배탈이 날 것을 두려워 말고, 복통이 사라질 때까지 고통스러워하다 잊어버리는 게 나을까. 다행히 죽이려고 하는 상대는 아직 없었다.

변해야지…. 그치?

유리카는 학생 시절부터 긍정적이지 못했던 것 같다. 물론 그녀는 집안일을 잘하고, 파견된 회사에서도 나름대로 인정받고 있다. 하지만 집안일이야 일반적으로 살아가는 데 필요한 스킬 정도이고, 일도 자랑할 만한 능력까지는 아니다. 정사원이 아닌 데다 파견회사가 다른 데로 가라고 하면 다시 처음부터 시작해야 한다.

저축도 그다지 많지 않다. 여행 이외에는 낭비하지 않으니 조금씩 모이기는 해도, 노후를 보장할 정도는 아니다. 여행을 포기하고 생활비 외에는 몽땅 저축하면 조금 더 모을 수 있지 않을까? 하지만 그렇게 살다 보면, 일하는 것조차 싫어질 터이다. 아무래도 자신은 죽지 않을 정도로만 살아가는 것 같다.

버스가 쿵, 하고 흔들렸다. 하나에가 눈을 뜨며 물었다.

"지금, 어디…?"

"글쎄."

유리카는 처음 오는 곳이라 지금 어디쯤 달리고 있는지, 앞으로 얼마나 더 가야 목적지에 도착하는지 알 수가 없다. 두리번거리고 있는데 뒤에서 유코의 목소리가 들렸다.

"앞으로 20분 정도 남았어. 도착하면 깨울 테니까, 더 자."

유코의 본가가 이 근처라 잘 알고 있는 듯하다. 하나에 결혼 축하를 겸해 네 명이 온천이라도 가자고 의견을 모은 것은, 유코가 이 산중에 있는 온천을 추천했기 때문이다.

"엄청 예쁘고 조용한 곳이야. 온천숙소도 열 곳 정도밖에 없어서 저녁에는 벌레 소리밖에 안 들린다니까."

대만이나 한국이라면 갈 수도 있겠지만, 역시 시간에 쫓겨 분주해진다. 그러니 어디 온천에서 쉬며 학생 때처럼 여유롭게 수다를 떨기로 했다.

온천은 솔직히 말하면 별로 좋아하지 않는다.

아니 온천이 싫은 게 아니고, 오래전 번성했던 온천 마을에 활기가 없어진 풍경을 보는 게 싫다. 폐허로 변한 거대한 관광호텔을 보면 소름이 끼친다. 아시아 거리의 오래된 건물이나 폐허는 오히려 아름답게 느껴지는데, 국내의 쓰러져가는 큰 건물을 보는 마음은 불편하다.

그러나 유명하지 않은 온천일 경우, 소규모로 유지하고 있는 곳들이 많다. 작은 료칸이라면 다소 허름하더라도 보는 데 불편하지도 않다.

"시라하마와 가쓰우라 같은 바닷가 근처에 가면, 관광호텔이 있지만…."

유코는 눈을 가늘게 뜨며 그렇게 말했다. 어쩌면 고향을 그리워했는지도 모른다. 오늘은 근처 전통 료칸에서 1박을 하고, 이틀째에는 시라하마의 어드벤처 월드에서 판다를 본다. 그것이 이번 여행 일정이었다.

그러나 어떤 일이든 계획은 틀어지기 마련이다. 생각지도 않았던 비가 내리고, 야마구치 마미가 갑자기 못 오게 되었다. 알고 지낸 지 오래고, 갑자기 약속을 취소하는 사람은 아니다. 몸 컨디션이 너무 안 좋다고 하니 어쩔 수 없었다.

"마미, 아쉽다 그치."

"뭐, 또 못 보는 건 아니니까."

2~3개월에 한 번은 만나서 식사를 하거나 술 한 잔씩 한다. 그러나 함께 여행을 떠나는 것은 5년 만이다. 다시 생각해 보니 5년 만인 것은 유리카뿐이다. 3년 전에 유리카를 뺀 세 닝이 오키나와에 갔었다. 유리카는 여행 3일 전에 계단에서 떨어져 다리가 골절되는 바람에 취소할 수밖에 없었다.

그때의 어처구니없는 일이 떠올랐다. 어쩌면 여자 네 명 전원이 모이는 것 자체가 어려운 일일 수도 있다.

버스에서 내려 우산을 펴며 유리카는 심호흡을 했다. 양옆으로 산들이 우뚝 펼쳐진 탓에 하늘이 좁아 보였다. 젖은 녹색의 벽처럼 숲이 다가서 있었다. 발치 아래로 흐르는 계곡물은 맑고 차가워 보인다. 차가운 공기부터 사람 사는 동네와는 사뭇 달랐다. 버스로 한 시간 넘게 흔들리며 온 보람이 있다.

아름다운 곳이었다. 유코가 추천한 이유를 충분히 알 것 같았다. 버스정류장 옆에 있는 큰 그림지도를 보며 온천 료칸이 전부 열 개 정도라는 것을 알았지만, 전부 조금씩 떨어져 있어서인지 더 쓸쓸한 느낌이 들었다. 함께 버스에 타고 온 노인 그룹은 빠르게 숙소로 향하고 있었다. 유리카 일행도 료칸으로 이동했다.

산 중턱에 신사도 있어서 하이킹을 겸해 참배가 가능했지만, 이 비에는 발도 젖고 즐겁지 않을 터였다. 오늘은 료칸에 바로 가서 여유롭게 보내는 것이 좋을 듯했다.

"참 예쁘다."

하나에도 다리에서 몸을 내밀어 계곡의 강을 내려다보았다.

"그치? 정말 좋아하는 곳이야."

앞에서 걷던 유코가 그렇게 말하며 돌아다보았지만, 미소가 살짝 딱딱했다. 기분 탓인지 몰라도 유리카는 그렇게 느꼈다.

유리카는 유코가 좋다. 네 명 그룹 중에서도 가장 친근감을 느꼈고 마음이 잘 맞았다. 하나에와 마미를 싫어하는 건 아니지만, 그녀들은 약간 결이 달랐다. 계단의 다른 단에 서 있는 느낌이랄까. 이야기를 나눌 수 있고, 거리도 가깝다. 그러나 시선의 높이가 약간 다른 듯한 기분이 든다. 유코에게는 약간의 위화감마저 없다.

재빨리 결혼해 버린 마미에 이어, 다음 결혼이 예정된 사람이 하나에라는 것도 상징적이다. 자신과 유코는 아마도 결혼을 안 하거나 평생 독신이거나 하지 않을까. 뭐, 유리카가 자기 멋대로 생각하는 것이지만.

유코는 지금 남자친구가 없다고 말하지만, 그렇다고 앞으로도 쭈욱 없을 것이라고 장담할 수는 없다. 어쩌면 갑자기 앞질러 버릴지도 모르는 일이다.

어쨌든 유리카는 유코에게 친근함을 느꼈고, 그녀의 일이라면 신경이 쓰였다. 뭔가 고민이라도 있는 걸까. 길을 알고 있는 유코가 앞장서서 걷고, 하나에와 유리카가 천천히 뒤를 따랐다.

즐겁게 사진을 찍고 있던 하나에에게 말했다.

"가츠라기 씨와 함께 오는 편이 더 좋았던 거 아니야?"

약간의 심술은, 앞질러간 것에 대한 허용된 권리였다. 하나에는 조금 부끄러운 듯 웃었다.

"남친하고 가는 여행하고, 친구들과 가는 여행은 전혀 다른 것 같아."

"전혀 다르다니, 어느 쪽이 즐거워?"

"음…, 글쎄."

그녀가 친구들과 있는 편이 즐겁다고 선뜻 말하지 않는 것이 약간 꼴 보기 싫었지만, 부럽다. 유리카는 지금까지 친구들과 있는 것보다 남친과 있는 편이 즐겁다고 생각한 적이 없다. 사귀기 시작할 때 기분이 고조되는 한순간에는 그럴 수 있지만, 그 마음은 곧 식어버렸다.

"아빠와 남친은 잘 맞아?"

그렇게 묻자 하나에는 어깨를 좁혔다.

"그다지. 엄마와는 마음이 잘 맞는 것 같아서 다행인데…"

하나에의 부친이 결혼을 탐탁지 않아한다는 얘기는 전부터 들어서 잘 안다. 그나마 모친에게 설득되어 반대하는 입장은 아니다. 그럼에도 내키지 않는 얼굴로 "더 나은 놈 어디 없어?"라고 종종 말하다가 엄마한테 잔소리를 듣는다고 했다.

"아빠는 워낙 그런 사람이니까. 그리고 뭐, 이제 곧 집을 나올 거잖아. 괜찮아."

괜찮아, 하는 목소리가 살짝 어두웠다. 부모님도 축복해주면 참 좋으련만. 그럼에도 그녀는 가즈라기와 결혼하기로 마음먹은 거겠지.

하나에가 살짝 입꼬리를 올려 보이며 덧붙였다.

"남자친구가 그런 상황을 많이 신경 쓰지 않아서, 그게 정말 다행이야."

"그래?"

"응. 아빠가 불편해했던 걸 내가 사과하니까. '괜찮아. 아빠하고 결혼하는 것도 아니고.'라면서 쿨하게 반응하더라고."

자기도 모르게 웃음이 새어 나왔다. 그는 분명 좋은 사람일 것이다.

"그럼, 내가 아빠 몫까지 축복해 줄게."

그렇게 말하자 하나에가 소리를 내서 웃었다.

"좋네. 슈트 입고 신부 아버지 자리에 앉아라. 유리카, 진짜 잘 어울릴 것 같아."

"콧수염도 붙이자."

그렇게 떠들며 웃다 보니 유코가 꽤 앞으로 멀리 가버렸다. 유리카와 하나에는 얼굴을 마주 보며 달려서 따라갔다.

료칸의 방에는 강 쪽으로 난 창문이 있었다. 녹음과 계곡의 아름다운 경관이 눈에 들어왔다.

오래되었지만, 구석구석 손질이 잘된 곳으로 안락하고 쾌적한 숙소였다.

하나에는 재빨리 옷을 벗고 유카타로 갈아입었다.

"목욕하고 올게."

"벌써?"

유코가 눈을 둥그렇게 떴다.

"어떻게 온 온천인데. 온천에 왔으면 하루 세 번은 들어가야 하는 거야. 저녁 식사 전, 자기 전, 그리고 아침."

유리카는 온천을 그리 좋아하지 않는다. 평소에는 샤워만 하는 정도다.

"나는 자기 전에만 들어갈래."

유리카가 그렇게 말하니, 유코가 상 위에 놓인 과자를 씹어 먹으며 말했다.

"나는 자기 전과 아침에 해야지."

훌륭하게 제각각이다.

"그럼 혼자 다녀올게."

하나에는 수건을 들고 방을 나갔다. 하나에가 없으니 갑자기 방이 조용해졌다.

유코가 조용히 과자 봉지의 원재료를 읽었다. 보통 때는 둘이 있어도 전혀 거리감을 느끼지 않는데, 오늘은 이상하게 공기가 무겁다. 화제를 찾고 있을 때 유코의 휴대폰이 울렸다. 메시지가 도착한 모양이었다.

"요즘에는 이런 곳까지 전파가 잘 들어오네. 예전에는 안테나가 안 떴는데 말야."

그렇게 말하면서 유코는 스마트폰을 손에 들었다.

유리카는 찻잔을 앞으로 당겨서 차를 마셨다. 차 맛이 부드러운 건 물이 좋아서일까.

"에에?"

갑작스러운 소리에 유리카는 찻잔을 엎을 뻔했다.

"무슨 일이야?"

"마미 짱, 아기 가졌대."

마미의 컨디션이 안 좋다던 말인즉, 임신을 의미했다. 문자메시지에 따르면 생리가 늦어진 것은 전부터 알았지만, 혹시 몰라 여행 전날 임신테스트기로 확인해 보니 두 줄이었다는 것이다. 만약 임신이 맞는다면 여행을 가는 게 위험할지 모른다. 그렇다고 산부인과 검진을 받지 않은 상태라 분명하게 말하지도 못했을 것이다.

그래서 친구들에게는 컨디션이 안 좋다고만 말한 후 오늘 산부인과에서 검진을 받았다.

"아직 6주 차라 부모님과 시댁에도 말하지 않았대. 하지만 여행을 취소했기 때문에 우리에게 먼저 솔직하게 사정을 말하는 거라고."

마미답다고 생각했다.

저녁 식사 테이블에는 각종 식재로 차린 산해진미가 놓여있었다. 이름을 들어본 적도 없는 산나물과 산천어, 사슴고기 스테이크 등 진귀한 요리도 있었다. 사시미나 덴푸라처럼 온천 료칸에서 흔히 나오는 메뉴와는 차원이 달랐다. 맥주를 각자 자작하며 마미의 이야기로 꽃을 피웠다.

"잘 됐어. 마미는 아이를 갖고 싶어했잖아."

하나에는 자신의 일처럼 기뻐했다.

그때 자작으로 맥주를 따르던 유코가 말했다.

"행운의 캐리어 덕분 아닐까?"

어머? 하고 생각했다. 유코의 말에는 작은 가시가 숨겨져 있었다. 그 가시는 너무나 하찮은 것이어서 하나에에게도 전해지지 않았다.

"마미가 그 캐리어는 원래 주인에게 돌려줬다고 했어. 뭔가 여러 가지 얽힌 이야기가 있었다나 봐."

"그래도 마미는 아이를 가졌고 하나에는 결혼하잖아. 좋은 일만 생겼어."

"나는 아무것도 없는데?"

유리카가 그렇게 말하니, 유코는 살짝 붉어진 얼굴을 이쪽으로 향했다.

"지금부터야."

"그렇다면 좋겠지만…."

하나에가 천진난만하게 웃으니 조금 마음이 아팠다.

그녀의 행복을 축복하지 않는 건 아니지만, 행복해진 사람을 보는 입장에서는 억울함과 외로움을 느끼게 했다. 그걸 들키지 않으려고 화제를 바꿨다.

"그렇다면 마미, 다음 여행도 취소할까?"

한 달 후 다른 휴가 때 혼자 뉴욕에 간다고 했었다. 유코가 고개를 끄덕거렸다.

"취소할 수밖에 없지 않을까?"

더구나 한동안은 장거리 여행이 어려울 것이다. 절대로 못 간다고 단언하기는 싫지만, 현실적인 여건상 쉽지는 않겠지.

"하나에는 어때? 결혼하면 지금까지 해 왔던 것처럼 여행 못 갈 것 같아?"

유코가 묻자 하나에는 고개를 갸우뚱했다.

"여행 자체는 못 가지 않겠지만…, 그래도 홍콩 호텔에 투숙하기는 어려울 것 같아. 시부모님 집에 묵어야 할 테니까."

가츠라기의 모친은 중국인으로, 지금은 홍콩에 살고 있다고 들었다.

"호텔 비용이 굳잖아. 좋아하는 곳에 친척이 생기다니…"

유코의 말에 하나에는 약간 미묘한 얼굴을 했다. 마음은 안다. 혼자 여행을 가는 것과 누군가의 친척 집을 방문하는 것은 전혀 다르다.

인생은 손바닥 같다. 무언가를 쥐기 위해서는 손바닥 안에 있는 것을 버려야만 한다. 불현듯 생각이 스쳤다. 자신은 무엇도 버리고 싶지 않아서 변하지 않은 채로 머물러 있는 것은 아닐까.

저녁 식사 후 맥주를 마신 탓인가. 하나에는 이불에 쓰러져서 쿨쿨 자기 시작했다. 하나에가 깨지 않도록 유리카는 유코와 함께 온천으로 향했다.

여행시즌이 아니어서인지 대욕실에는 다른 손님이 없었다. 적당한 옷바구니를 골라 유카타를 벗었다. 유코는 머리를 묶은 상태여서 먼저 들어가기로 했다.

욕실에는 큰 창이 있어서 중정이 보였다. 돌로 된 바닥에 히노키 욕조가 두 개 놓여있는데, 각각 다른 원천에서 끌어온 온천수를 받아놓았다고 했다. 밖에는 노천탕도 있는 듯했다. 몸을 적시고, 유백색 온천수에 몸을 담갔다.

온천물에는 살짝 점성이 있어서, 누가 봐도 피부에 좋을 것 같은 느낌이었다. 온천은 그리 좋아하지 않는다고 생각했는데, 들어가자마자 전신의 근육이 풀리면서 피로가 금방 증발하는 것 같은 기분이 들었다. 나쁘지 않다. 그러나 살짝 압박당하는 듯한 답답함은 여전하다.

유코가 들어왔다. 여러 번 함께 여행하고 목욕탕도 같이 갔으므로 그녀의 몸을 보는 게 처음은 아니었다. 그런데 지금 유코의 몸은 특별히 더 빛나 보였다. 키가 크고 비율이 좋은 예쁜 몸이었다. 서른이 되어서도 20대와 전혀 다르지 않다. 유코는 욕조 안 살짝 높은 곳에 걸터앉았다. 명치 부근까지 담그고는 밖을 바라보았다.

"요즘 바빠?"

그렇게 묻자 그녀는 새초롬한 얼굴로 유리카를 보았다.

"그렇지 않아, 바쁜 게 좋은데."

바쁘냐고 물어본 것은 그녀의 불안을 살피기 위한 구실이었다. 계기가 된다면 이야기를 나누겠지만, 잘못 짚거나 그녀가 말하기 싫은 기색이라면 그 이상 묻지 않을 작정이었다. 아마도 자신의 이야기를 하고 싶지 않으면 유코는 대화의 창을 닫을 것이다. 걱정과 달리 문이 조금씩 열리기 시작했다.

"힘들어?"

"응. 메인으로 일하던 곳에서 잘렸어."

"그랬구나… 여성 잡지였지?"

"아니. 그쪽은 아직 일하고 있어. 그런데 거기만으로는 먹고 살 수 없으니까. 앞으로 어딘가에 영업을 해야 할 것 같아."

프리랜서 일의 어려움을 유리카는 잘 모른다. 파견회사에서 잘리는 것과 비슷하다고 생각하면 약간은 이해가 되지만, 알 것 같다고 말할 자신은 없다.

"어딘가 다음 일할 곳을 찾게 되면 좋을 텐데."

그렇게 말하니 유코는 쓴웃음을 지어 보였다.

"그냥 그만둘까 해서."

"뭐?"

유코는 천장을 올려다보며 한숨을 내쉬었다.

"있잖아. 유리카는 시즈오카에 돌아가고 싶다고 생각해?"

"아니, 안 해."

"즉답이네."

유리카는 그곳과 잘 맞지 않는다. 좋은 곳이라 싫어하지는 않지만, 그 땅에게 거부당한 것 같은 기분이 든다. 부모님과 오빠도 그렇다. 적당한 거리를 두면 사이좋게 지낼 수 있다.

이미 정해져 있다. 아마도 평생 돌아가지 않을 것이다.

"사와 짱은 돌아가고 싶어?"

"조금. 돌아가서 집안일을 도와드리는 것도 괜찮을 듯하고."

유코의 부모님은 지역에서 식당을 한다고 들은 적이 있다. 그렇다면 작게라도 일은 있을 것이다. 바다와 산이 가까운 곳이라서 식재료도 풍부할 터이다. 멀리에서 일부러 찾아오는 사람들도 있다고 하니까.

"으응."

약간 불만 섞인 대답을 내뱉어 버렸다.

"뭐야?"

"아니, 아무것도 아니야."

실은 조금 불만이다. 유코는 돌아가고 싶어서 돌아가겠다고 생각하는 게 아니다. 만약 그렇다면 유리카도 아무 말을 안 할 것이다. 다만 유코는 괴로워서 돌아갈 궁리를 하는 것이다. 30대 전이라면 조금 더 열심히 해보려고 노력하겠지만, 지금은 그럴 수 없다. 손에 든 짐이 너무 무거워서 견딜 수 없어도, 열심히 버티면 미래가 열린다고 장담할 수가 없다.

짐은 점점 더 무거워지고, 길은 더 험해질지도 모른다. 하고 싶은 것은 있지만, 견뎌낼 수 있을 만큼 젊지도 않다. 돌아갈 집이 있고, 굳이 그곳이 싫지도 않다면 돌아가는 것도 하나의 선택지이다. 그런데 그것을 격려하고 싶지 않은 것은 유코가 조금 슬퍼 보였기 때문이다.

모두 변해 간다. 다른 길을 선택하거나 무언가 내려놓고 포기하기도 한다. 혼자 남은 베짱이만 모른 척 등을 돌린 채 바이올린을 켜고 있다.

밤새 내리던 비가 아침에는 그쳤다.

조식은 차죽이었다. 유리카와 하나에는 처음 먹었지만, 찻잎으로 끓인 차죽은 깔끔해서 몇 그릇이든 먹을 수 있을 정도로 가벼웠다. 살짝 쓴맛이 감돌지만, 입맛을 돋운다. 유코는 "어릴 적에는 정말 싫어했는데, 그리워지더라고." 하며 웃었다. 지역 명물이란 그런 걸 말하는지도 모른다.

료칸의 여주인이 버스터미널까지 태워준다고 해서 신세를 지기로 했다. 이 온천 마을까지 오는 버스는 오전에 한 대, 오후에 한 대, 총 두 대뿐이다. 10킬로미터 떨어진 버스터미널까지 가면 역으로 돌아가는 버스뿐만 아니라 시라하마로 직행하는 버스도 있다고 했다.

료칸의 밴을 타고 20분을 달려 버스터미널에서 내렸다. 품위 있는 기모노에서 활동적인 청바지로 갈아입은 여주인은, 지금부터 마을 모임에 간다고 했다.

하나에가 버스 시간표를 확인했다.

"그러니까 시라하마행 버스는 앞으로 40분 뒤야."

"시간이 많이 남았네."

여주인의 일정에 맞춰 태워준 것이라 어쩔 수 없다. 다행히 버스터미널 근처에는 지역특산품을 파는 곳이 있었다. 거기서라면 흥미롭게 시간을 보낼 수 있을 것이다.

과자나 키 홀더 등을 팔 것이라고 짐작했는데, 안쪽으로 길게 이어진 가게에서는 목공예품과 나무 가구까지 팔고 있었다.

하나에와 유코가 즐거운 듯 가구를 보고 있어서 유리카는 2층으로 올라갔다.

2층에는 특산품은 아니지만 지역 장인들이 만든 공예품들이 놓여있었다. 나무로 만든 그릇뿐만 아니라 가죽 토트백과 숄더백도 보였다. 유리카는 자기도 모르게 손을 뻗었다.

부드러운 가죽에 갈색 검은색 등 흔한 컬러도 보였지만 파란색 가방이 눈에 띄게 많았다. 가죽을 파란색으로 염색한 것이다. 파란색이라고 해도 다 같은 파랑이 아니었다. 흰색에 가까운 흐린 물색부터 진청색까지, 정말 다양한 청색이 있었다.

어딘가 기시감이 느껴졌다. 이런 색 가죽을 본 적이 있었다. 가게 안에 있는 제작 시연 코너에 40대가량의 여성이 앉아 있었다. 가죽 안쪽을 꿰매고 있는 듯했다.

가방만큼 크지는 않았다. 북 커버 혹은 지갑인가. 빠져들어 구경하노라니 그녀가 이쪽을 보고 미소지었다. 통통한 볼에 살짝 보조개가 들어간, 친근한 얼굴이었다.

“예뻐요.”

“고맙습니다. 만져 보셔도 괜찮아요.”

부드러운 말투였다. 그녀는 다시 작업을 시작했다. 무리해서 제품을 홍보하려 들지 않아서 안심했다. 유리카는 전시된 제품들을 보았다. 가장 안쪽에 캐리어가 있었다. 그것을 본 순간, 기시감의 근원을 알았다.

똑같은 캐리어였다. 청색은 마미가 갖고 있던 것보다 진해서 오히려 남색에 가깝지만, 벨트와 귀퉁이 보강제로 사용된 가죽 모양도, 스티치도 똑같았다. 뚜껑을 열어 보니, 흰색 공단으로 된 안감이 눈에 들어왔다.

계단을 올라오는 소리가 들렸다. 유코와 하나에였다. 유리카는 두 사람을 불렀다.

"둘 다, 여기로 와 봐!""

유리카의 목소리에 놀라서 두 사람이 달려왔다. 캐리어를 본 두 사람의 눈이 커졌다.

"거짓말! 이거 똑같은 거지?"

"색은 조금 다르지만, 색상 말고는 똑같지 않아?"

진열된 토트백과 숄더백을 보면, 이 가죽 장인 혹은 디자이너가 청색을 특별히 사랑한다는 사실을 알 수 있었다. 진열된 상품들 중에도 마미의 캐리어와 똑같은, 선명한 파랑 가죽 제품이 눈에 띄었다. 한참을 떠들고 있는데 작업 중이던 여성이 이쪽을 보며 물었다.

"저…, 무슨 일이 있나요?"

"친구의 캐리어가 아마도 여기 제품인 것 같아요. 친구가 빌려줘서 사용한 적 있는데, 너무 예뻐서 또렷이 기억나요."

그렇게 말하니 그녀도 활짝 웃었다.

"그랬군요. 다행이네요."

하나에가 부연설명을 했다.

"우리는 그것을 행운의 캐리어라고 부르고 있답니다. 이 캐리어를 갖고 떠나면 언제나 좋은 일이 생기거든요."

"그랬어요?"

여성은 눈을 크게 뜨며 말을 이었다.

"정말 기쁜 일이네요. 제가 특별히 행운을 기원하지 않았으니까, 행운의 이유는 저도 몰라요. 하지만 정말 기쁘네요."

눈동자가 살짝 촉촉해진 듯했다. 처음 만난 사이므로 이 여성이 어떤 사람인지는 모른다. 그러나 가죽을 다듬어 제품을 만들고 파는 일이 결코 쉽지는 않을 것이라고 짐작한다. 직접 만든 제품을 판매한다. 생각만큼 팔리지 않을 수도 있다.

자신이 만든 것이 행운을 부른다. 그렇게 믿으면, 그 말은 분명 힘이 될 것이다.

셋이서 이야기를 나눈 후, 마미에게 줄 선물로 캐리어와 같은 색의 토트백을 샀다. 아기가 태어나면 짐이 늘어날 테니까. 유코는 옆으로 메는 숄더백을, 하나에는 북커버를 두 개 샀다.

유리카는 고민 끝에 행운의 캐리어보다 작은 캐리백을 샀다. 여행을 좋아하니까 행운이라면 여행지에서 받고 싶다. 일부러 색은 진한 남색을 선택했다. 유리카는 역시 살짝 청개구리다.

캐리백을 집으로 배송받기로 하고, 주소를 써 내려가노라니 그걸 보고 있던 주인이 말했다.

"도쿄에서 오셨군요. 멀리서 와 주셔서 감사합니다."

"저는 본가가 기이타나베 근처예요. 지금은 도쿄에 살고 있지만."

유코가 말했다.

"그렇군요. 저는 도쿄 출신인데…"

그녀의 말에 유리카는 놀랐다. 와카야마 출신인 줄로만 알았다. 유코는 더 놀라서 물었다.

"그럼, 결혼 혹은 일 때문에 오신 거예요?"

"아니에요. 그냥 여기가 좋아서 이곳에 살고 싶었어요. 한눈에 반해버렸거든요."

그래, 그 기분 잘 안다. 사람과 사랑에 빠지는 것처럼, 어떤 땅과 사랑에 빠져서 사람에게 얽매이듯 땅에 얽히는 것. 사람에게 거부당하는 것처럼, 땅에 거부당하는 일도 있다. 그녀는 이 땅과 사랑에 빠져서 이곳을 선택했다. 유리카에게도 언젠가 그런 것이 생길 것이다. 땅 그리고 어쩌면 사람에게도.

시라하마로 향하는 버스에서는 유코와 나란히 앉았다. 하나에는 일인용 시트에 앉아서 또 쿨쿨 자기 시작했다. 유코에게 말을 걸었다.

"엄청난 우연이었어, 그치?"

유코는 바로 대답하지 않고 중얼거렸다.

"조금 더 힘내서 해봐야겠다."

"뭐라고?"

"도쿄에서."

왜?라고 물으려 했지만 이내 깨달았다.

그녀는 알았을까. 이곳은 도망자처럼 돌아오는 땅이 아니다. 선택한 사람이 머물 수 있는 땅이다. 돌아오려면, 자신이 선택해서 돌아와야 한다는 의미다.

"응. 그렇게 해. 사와 짱이 어디론가 가버리는 거, 나는 슬프단 말야."

열심히 하면 된다거나 열심히 하지 않아도 된다거나, 그런 조언은 해줄 수 없었다. 다만 자신의 기분만은 또렷하게 말할 수 있었다. 유리카는 유코가 없으면 슬프다. 그뿐이다.

유코는 부끄러운 듯 미소지었다.

"다시 넷이서 여행 가자."

다음은 언제가 될까.

2~3년 안에 갈 수 있겠지만, 10년 후가 될지도 모른다. 아무래도 좋다. 나이를 더 먹어도 여행은 즐거우니까.

9화

파란 캐리어

그 사람의 집에서는 맡아 본 적이 없는 냄새가 났다. 오래된 집의 냄새인지, 새로운 다다미의 냄새인지, 아니면 그 사람의 냄새인지 모른다. 그저 그 집을 방문할 때면 현관에 서서 한참이나 그 냄새를 맡았다.

지금까지 살았던 집은 전부 임대 아파트였다. 아빠의 선근으로 여러 번 이사를 반복했다. 어느 곳이든 다 비슷비슷 무미건조한 2LDK 구조. 낡은 집들이었지만 이런 냄새는 나지 않았다.

그저 살고 있는 집과 종종 방문하는 집의 차이일까.

지은 지 얼마나 된 집인지 알 수 없지만, 아무튼 오래된 일본식 집. 그녀의 할아버지 세대부터 살고 있다고 들었으니 100년 가까이 될지도 모르겠다.

오래된 것만이 아니었다. 정원을 가꾸는 정원사가 따로 출입하고 집도 매우 잘 관리되어 있었다. 오카다 카즈시가 그 집에 출입하기 시작한 후에도, 종종 손님방의 다다미를 교체하거나 벽의 칠을 새로 하기도 했다.

그 집을 소개해 준 사람은 대학교 선배였다.

보수 좋은 아르바이트가 있다고 소개받았다. 50대 여성이 혼자 사는 집이 있는데, 주 1회 그 집을 방문해서 남자의 손이 필요한 갖가지 일을 해주는 것이다. 전구를 바꾸거나, 큰 짐을 옮기거나, 키우고 있는 개를 멀리까지 산책시키고 운동시키는 것….

잘 하면 오전 중에 일이 끝나기도 하고, 점심도 얻어먹을 수 있다고 했다. 그렇게 힘든 일이 아니라는 이야기였다.

그런 일이라면 카즈시가 지금까지 해오던 비디오 대여점의 심야 아르바이트보다는 즐거울 것 같았다. 무엇보다 일하는 시간이 길지 않고, 신경을 곤두세우지 않아도 되는 부분이 좋았다.

선배는 그 집에 사는 여성의 친척이었다. 대학을 졸업하고 취직하면서, 여성의 집안일을 도와주기 어려워졌다. 그래서 자기 대신 도와줄 사람을 찾고 있다고 했다.

"휴가 기간에 어딘가 길게 가야 할 때는, 미리 말하고 안 와도 된다고 했어."

그것도 좋았다. 길게 휴가를 낼 수만 있다면, 어디든 멀리 여행을 떠나고 싶었다.

"너는 사람들하고 잘 지내니까 아마 가나코 숙모도 맘에 들어할 거라고 생각해."

수많은 후배 중에서 흰색 깃털이 달린 화살이 자기에게 꽂힌 포인트가 고작 그건가 싶어 씁쓸했다.

확실히 카즈시는 사람들과 잘 지낸다. 처음 만난 사람과도 금방 친해지며, 특히 연상의 여성들에게 인기가 많았다. 대단한 것은 아니다. 어릴 때부터 전근과 이사를 반복하면서 몸에 밴 스킬 같은 것이랄까. 기분 나쁘게 행동하지 않고, 예의 바를 것. 종종 살짝 뻔뻔할 정도로 응석을 부리지만, 선을 넘지는 않을 것. 그런 식으로 사람 마음에 드는 것은 간단했다. 그러나 칭찬받을 때마다 카즈시는 생각했다. 굳이 그런 스킬을 익히지 않고 살 수 있었다면, 얼마나 좋았을까.

자신이 낯가린다고 혹은 무뚝뚝하다고 공언하는 사람들에게서 카즈시는 약간 거만한 냄새를 맡았다. 그들은 타인들에게 사랑받지 못해도 생존을 위협받지 않는 인간들이다. 카즈시와는 다르다.

유치원과 초등학교, 방과후보육원 등 어디에서든 이쁨을 빌고 못 받고는, 이후 생활에 절대적인 영향을 미쳤다. 어느 보육원에서는 직원이 대놓고 자신이 이뻐하는 아이와 싫은 아이를 달리 대했다.

일 년 혹은 반년에 한 번씩 이사해야 하는 삶이었으므로 사람들에게 사랑받는 방법을 금방 습득했다. 만약 실패하더라도 일 년만 참으면 된다고 생각하면, 약간의 모험도 가능했다. 가는 곳마다 다른 방법을 시도해보기도 했다. 그 결과 친구들은 많이 사귀었다. 반에서 인기쟁이가 된 적도 있었다.

카즈시가 전학갈 때 너무 슬퍼서 우는 동급생들이 생길 정도였다. 많은 친구가 꼭 편지를 쓰겠다고, 여름방학 때 놀러 가겠다고 약속했다. 그러나 편지는 몇 통 오지 않았고, 여름방학이 되어도 놀러 오는 친구는 없었다. 그러니까 카즈시가 배운 것은 두 가지였다. 사람들에게 사랑받는 게 간단한 만큼, 잊히는 것도 매우 간단하다는 사실.

거짓말하는 것에도 별 저항이 없었다. 금방 들킬 수 있는 거짓말은 안 된다. 그것은 치명적인 실패를 부른다. 그러나 절대로 들키지 않는 거짓말도 있었다. 좋아하지 않는 것을 좋아하는 척하고, 기쁘지 않은 것을 기쁜 척하고, 좋다고 생각하지 않는 것을 칭찬하는 것 같은 거짓말… 감정의 거짓말은 들킬 위험도 없었다. 진실을 아는 것은 카즈시 한 명뿐이니까….

처음 그 집을 방문했을 때는 드물게 긴장했다. 지금부터 만나는 사람이 좋은 사람인지 나쁜 사람인지는 궁금하지 않았다. 잘 안 되었을 때 소개해 준 선배에게 폐를 끼치는 것만이 유일한 걱정이었다.

인터폰을 찾았지만 어디에도 없었다. 큰 문을 앞에 두고 카즈시는 한참을 당황했다. 그러나 걱정만 하다 보면 약속 시간에 늦어버린다. 용기를 내서 문을 열고 주택지 안으로 발을 들였다.

도쿄 시내라고는 믿을 수 없을 정도로 넓은 택지에 오래된 일본식 집이 있었다. 그것만으로 유복한 사람이라는 점을 충분히 알 수 있었다. 디딤돌을 밟고 건물 쪽으로 향했다. 현관문에 손을 대니 바로 열렸다.

"실례하겠습니다. 오카다입니다."

큰 소리로 인사하며 들어가자 안쪽에서 "네에."라는 소리가 들렸다. 안에서 나온 사람은 품위 있는 여성이었다. 얼굴에는 주름이 깊게 패었지만, 조금 화려한 듯 붉은 립스틱을 바르고 회색 머리카락은 예쁜 시뇽으로 정돈되어 있었다.

나이를 고려할 때 선명한 핑크 카디건과 꽃무늬 원피스가 살짝 화려하다 싶었으나 매우 잘 어울렸다. 뒤에서 검은색 대형 견이 듬직하게 걸어서 다가왔다.

그녀는 카즈시를 보고 미소지었다.

"오카다 군? 료타에게 얘기 들었어요. 앞으로 잘 부탁해요."

아르바이드 매장 점장은 언제나 카즈시와 다른 아르바이트생들에게 턱으로 일을 시키면서 '일자리를 준다'는 태도를 보였다. '잘 부탁한다'는 말을 듣고 카즈시가 살짝 놀란 건 그 때문이었다. 그녀의 등에 날개가 달리고 발이 살짝 공중에 떠 있는 듯 보였다. 그녀는 사뿐사뿐 걸어서 카즈시를 집안으로 안내했다.

날개가 달렸다고 생각한 첫인상은 크게 틀리지 않았다. 스가가나코라는 그 여성에게는 어딘가 이 세상 분위기가 아닌 듯한 데가 있었다. 과거에는 어땠는지 모르지만, 남편도 아이도 없이 큰 일본식 집에 개 한 마리와 함께 살고 있었다. 개는 로트와일러라는 품종의 대형 견으로 '메이'라고 불렸다. 아마도 5월생이라고 추측했다.

젊지 않은 여성과 함께 살기에는 사나운 개라고 생각했는데,

메이 역시 노견이었다. 산책을 좋아하지만 평소 여유롭게 한 시간 정도 산책하는 것으로 만족했다. 가끔은 신이 나서 정원을 달리기도 하지만, 그것도 금세 끝났다.

가나코는 서예 선생님으로, 아이들이 집으로 서예를 배우러 왔다. 평일 저녁에는 어른들을 위한 서예 교실도 운영한다고 했다. 메이와 산책하는 날 외에는 장 보러조차 나가지 않으며 식료품과 일상용품은 택배로 시켰다. 어떤 의미에서 은둔 생활을 하는 셈이었다. 원래 자산가인 덕에 그렇게 살 수 있는 거겠지.

서예 교실이 많은 돈을 버는 일이라고 생각하진 않지만, 자기 집이라서 집세를 내야 할 필요도 없었다. 더구나 외식이나 여행도 하지 않는 가나코라면 그렇듯 여유롭게 일하는 것만으로 충분했는지 모르겠다.

거기까지 생각이 미치자 목구멍 안쪽이 뜨거워졌다. 카즈시의 집은 유복하지 않다. 여기저기 전근을 다니면서도, 아버지의 급여는 나아지지 않았다. 엄마는 이사 간 동네에서 파트타임으로 일하며 불만을 토로했다. 형과 카즈시의 학비를 버는 것만으로 힘겨운 형편이었다. 아버지가 전근할 때마다 엄마는 일자리를 다시 찾아야만 했다. 같은 직종의 일을 찾지 못할 때면 엄마는 지칠 대로 지쳐서 피곤한 얼굴을 숨기지 않았다.

게다가 다섯 살 위인 형은 대학 시험에 떨어져 재수를 한 주제에 유학까지 갔다. 형은 지금도 대학생이다. 카즈시가 대학 진학을 포기해야 하는 건가 싶었지만, 부모님은 대학에 가라고 했다. 그 점은 정말 감사한 일이었다.

　그러나 엄마의 불만과 부모님의 말다툼이 끊이지 않는 집을 그리워한 적은 없다. 큰 부자가 되겠다고 생각하지 않았다. 다만 가나코처럼 여유롭게 일하며 조용히 한 곳에 머무를 수 있었다면, 엄마도 자식들에게 상냥하게 대해주었을까.

　가나코에게 혼난 적은 한 번도 없었다. 선배가 "상냥한 사람이니까 걱정하지 않아도 돼."라고 했는데 거짓말이 아니었다. 장을 보러 갔다가 뭔가 깜빡하고 왔을 때, 가나코는 급하지 않으니 다음에 사 오면 된다고 했다. 대신 꼭 필요한 물건일 경우 가나코는 이렇게 말했다.

　"미안해요. 한 번 더 다녀와 줄 수 있을까?"

　정원 일을 하다가 틀릴 때도 마찬가지였다.

　"미안해요. 힘들겠지만, 다시 한번 부탁해도 될까요?"

　항상 부드러운 미소를 지으면서…. 실패를 질책하는 법이 없지만 대충 넘어가지도 않았다. 사람이 실패하는 것은 당연하며, 다시 하면 된다고 생각하는 듯했다.

　가나코는 결코 사치스럽게 살지 않았다. 냉장고에 들어있는 식재도 야채와 약간의 고기, 말린 생선이 대부분이었다.

　그러나 갈 때마다 차려내는 점심은 손이 많이 간 음식이었다. 슴슴한 국물로 끓인 채소 조림과 말린 두부 같은 것들. 막 만든 미소시루에서는 깜짝 놀랄 정도로 좋은 냄새가 났다.

　미리 썰어두지 않은 본래 모양의 가쓰오부시를 처음 본 것도 그 집에서였다. 가나코는 가쓰오부시를 직접 깎아서 사용했다. 젊은 카즈시에게 오야코돈과 카레 등을 차려주고, 가끔 돈카츠와 고로케 등 튀김 요리도 만들어 주었다. 돈은 그다지 들지 않지만 풍성한 식사였다. 대학교 근처에 있는 식당과 비교해도 훌륭했다. 손이 많이 간 게 느껴졌고, 무엇보다 맛있었다.

카즈시는 작은 빌라에서 형 타츠야와 함께 살았다. 중학교와 고등학교에 다닐 적에는 부친이 단신 부임을 해서 엄마와 함께 있었지만 카즈시가 대학에 진학하면서 엄마는 다시 아빠의 전근 지역으로 따라갔다. 월 1회 정도 집을 치워주러 오시지만 그것뿐이었다.

대학에 들어가면 나름 어른이다. 엄마에게 언제까지나 응석부릴 수 없다는 걸 안다. 그러나 형도 카즈시도 자취생답게 자취 생활을 하지 못했다. 고작 라면이나 야끼소바를 데워 먹는 정도. 매일 식사는 배만 부르면 된다는 생각으로 해치웠다.

편의점의 도시락, 컵라면, 마트의 저렴한 반찬. 그런 식사로 연명하던 카즈시에게 가나코가 만들어 주는 일요일의 점심은 커다란 즐거움이었다. 아마 영양분도 충족되고 있을 것이다. "채소 조림이 참 맛있습니다."라고 카즈시가 말하면 가나코는 다음에는 더 많이 만들어서 반찬 통에 넣어 가져가라며 주었다.

"항상 너무 많이 만들어버려서…. 먹어 주면 고맙겠어."

가나코는 진심으로 기쁜 듯 그렇게 말했다. 형식적으로 하는 말이 아니라 정말로 그렇게 생각해 주고 있다고 느껴졌다.

가나코가 주는 아르바이트 시급은 4~5시간 안에 끝내는 일치고는 지나칠 정도로 많았다. 하는 일도 약간의 힘을 쓸 뿐, 단순한 노동뿐이었다. 식사도 맛있는 데다 일이 생기면 다른 날로 바꿔도 상관이 없었다. 이렇게 좋은 것투성이인데도, 웬일인지 가나코와 함께 있으면 마음 어딘가가 깎여나가는 느낌이었다.

봄방학 때는 베트남에 갔다. 처음 떠나는 해외여행이었다. 배낭에 갈아입을 옷 몇 벌과 가이드북만 넣어서 왕복항공권과 여권을 손에 들고 떠났다. 노선버스로 이동하고, 게스트하우스의 남녀공용 도미토리 방에서 묵었다. 모기에 물리면서 자는 것은 결코 유쾌하지 않았지만, 신기하게 고양감이 있었다.

스스로의 힘으로 어디에라도 갈 수 있다고 생각했다. 덤터기 씌운 바이크 택시기사와 말싸움을 했었다. 버스정류장을 착각해서 당혹스러워할 때, 말도 통하지 않는 베트남 사람들이 바글바글 모여들어서 카즈시를 도와주려고 애썼다. 손짓 발짓을 하고 회화책을 사용해 겨우 맞는 버스정류장을 찾아 버스에 올라탔을 때는 갑자기 울고 싶어졌고, 결국 혼자 펑펑 울고 말았다.

눈물의 의미는 자신도 잘 몰랐다. 아마도 친절하게 도와준 사람들 덕에 불안과 긴장이 풀려서였을 것이다. 하노이를 거쳐 후에와 호이안을 관광하고, 마지막에 호치민에 도착해 시장에서 선물을 골랐다. 부모님과 형, 그리고 대학 친구들에게 줄 것들을 고른 후 가나코에게도 뭔가 사드려야겠다고 생각했다.

그러나 무엇을 사야 좋을지 전혀 감이 잡히지 않았다. 부모님 선물은 베트남 커피로 골랐지만, 가나코가 커피를 마시는 걸 본 적이 없었다. 부엌에 커피메이커도 없으니 아마도 마시지 않는 듯했다.

그렇다고 베트남 도기나 자수가 놓인 테이블웨어 등을 고르자니 센스 있게 선택할 자신도 없었다. 가나코의 집에는 그녀가 좋아하는 것들로 집안 곳곳이 채워져 있었다. 일본식 방인데도 융단 카펫을 깔고, 거기에 양식 테이블과 의자를 두고 사용했다. 오래된 인형과 도자기 인형 등도 장식되어 있었다.

카즈시가 살아온 집에는 생활에 필요한 것 외에는 어떤 장식품도 없었다. 이사할 때마다 오래된 것은 버렸다. 꼭 필요한 것만 박스에 넣어서, 다음 도시로 떠난다. 그런 생활을 해온 카즈시에게는 필요하지 않은 것에 둘러싸여 사는 가나코가 신기했다.

오래된 것을 잘 버리지 않는 가나코에게 쓸모없는 것을 선물하면 곤란하지 않을까. 어차피 비싼 것은 사지도 못하고, 가져갈 수도 없었다. 법랑으로 된 조잡한 식기류는 대학의 여자애들한테 주면 좋아하겠지만, 가나코에게는 어울리지 않았다.

고민하면서 시장을 두리번거리는데 차를 파는 집이 보였다. 매장에 산처럼 쌓여있는 포장 안에 둥그런 알 같은 것이 들어있었다. 찻잎을 둥근 모양으로 해서 팔고 있는 듯했다.

베트남인 판매원이 일본어로 말을 걸어왔다.

"꽃차야. 선물로 어때?"

"꽃차?"

그가 사진을 보여주었다. 유리 포트 안에, 차가 꽃처럼 피어 있었다.

"뜨거운 물을 부으면 이렇게 되는 거야. 예쁘기도 하고 맛있어. 일본에서 사면 비싸."

그 말은 사실이었다. 돌아와서 찾아보니 일본에서는 비슷한 차 한 개에 300엔 혹은 500엔에 팔리고 있었다. 그 가게에서는 10개들이 한 팩에 200엔 정도였다. 이거라면 가볍고, 설령 입에 안 맞아도 이야깃거리가 될 듯했다. 2주일쯤 여행을 한 후 귀국해서 가나코 집을 방문했다.

"어머, 많이 탔네."

가나코가 눈을 가늘게 뜨며 말했다. 분명 얼굴도 팔도 다리도 숯처럼 새카맸다. 그날 가나코는 일을 부탁하기보다 카즈시의 이야기를 듣고 싶어했다.

꽃차를 건네니, 소녀처럼 눈을 반짝였나.

"다른 나라 이야기를 들으니, 심장이 뛰는데."

"가본 적이 없으세요?"

생활이 궁핍한 것도 아니므로 종종 휴가를 내서 길게 여행을 떠나기는 쉬웠을 텐데. 그렇게 생각하고 물었는데 그녀가 고개를 가로저었다.

"응. 겁쟁이라서…."

"무섭지 않아요. 치안이 나쁜 곳에 가지 않으면 되니까."

기나코가 자신처럼 게스트하우스를 전전하는 여행을 할 리는 없을 것이었다. 쾌적한 호텔이라면 혼자서 어디라도 가능하지 않을까.

"무섭지 않은 것을 무서워하니까, 겁쟁이인 거예요."

가나코는 그렇게 말하며 웃었다. 가나코의 집에는 유리 포트가 없었지만, 찻잔 안에 넣은 꽃차는 마술처럼 풀리며 예쁜 꽃을 피워냈다.

형 타츠야가 대학에 다니지 않는다는 사실을 안 것은 카즈시가 가나코의 집에 다니기 시작한 지 일년 정도 지났을 무렵이었다. 형이 집에 머무는 시간이 매우 짧았기 때문에, 설마 대학을 관뒀으리라고는 생각지도 않았다. 형은 항상 밤늦게 들어왔고, 아침 10시에는 집을 나갔다.

어느날, 비디오 내여점에서 일을 하는데, 얼굴을 알고 있던 형의 친구가 말을 걸어왔다.

"타츠야, 요즘 뭐하고 있어?"

질문을 받은 카즈시는 깜짝 놀랐다.

"뭐하다니? 학교 다니고, 지금은 집에 있는데…"

형의 친구는 히죽히죽 웃으며 말했다.

"4학년이니까 굳이 관두지 않아도 될 것 같은데, 이제 반년만 참으면 졸업이잖아."

다리가 떨렸다. 놀란 게 아니라 화가 났다. 부모님께 부담을 주면서까지 학비를 받아놓고, 대체 뭘 하는 건가. 그만둘 거라면 유학하기 전에 그만두던가. 아니 대학 같은 거 안 갔으면 좋았잖아. 귀가해서 따지듯 물었을 때 형은 시끄럽다는 듯 대꾸했다.

"아르바이트하느라 바쁘단 말야. 돈이 없어."

"대학보다 아르바이트가 중요한 거야?"

형은 약간 위악적인 얼굴을 하며 웃었다.

"빚이 있어. 학교 다니고 있을 때가 아니라고."

숨이 멎는 듯했다. 타츠야는 카즈시에게 등으로 돌린 채 이야기를 시작했다. 카드 대출 빚이 50만 엔. 그 상환에 몰려 제3금융권에서 빌린 돈이 20만 엔, 합해서 70만 엔. 파친코를 하다 진 빚이었다. 아르바이트를 하고 있지만, 그것마저 파친코에 사용해버린 모양이었다.

"엄마 아버지에게는 절대 비밀이야."

타츠야는 그렇게 말하면서 무서운 얼굴을 했다. 그러더니 히죽히죽 웃었다. 말하라고 해도 차마 밀힐 수 없다. 부모님께 말하면 대신 갚아주겠다고 하실 것이었다. 아빠도 엄마도 타츠야를 편애했다. 타츠야에게는 재수도 유학도 시켜줬으면서 카즈시에게는 대학 떨어지면 곧바로 취직하라고 말했었다.

형은 부모님이 집세로 부쳐준 돈까지 다 써버렸다고 했다. 2개월치 집세가 체납된 상태라고. 그 정도는 카즈시가 낼 수도 있었다. 그러나 이대로 둘 수는 없었다.

"파친코 그만해. 그래서는 아무리 아르바이트를 해도 따라잡을 수가 없어."

"따면 되잖아. 터지면 아르바이트보다 훨씬 많이 벌 수 있단 말이야."

어처구니가 없었다. 정말로 벌 수 있다면 지금 상황이 되지 않았을 테니까. 더 자세히 들어보려고 했지만, 타츠야는 히죽거리기만 하다가 이불 속으로 들어가 버렸다.

등골이 오싹했다. 빚을 지고 있을 뿐만 아니라, 형은 현재 상황을 전혀 이해하지 못하고 있었다. 이렇게 될 때까지 몰랐던 자신에게도 화가 났다. 형을 모른 척하면 그만이다. 빚이 쌓이든 지옥에 떨어지든, 자신과는 상관없었다. 그러나 아빠와 엄마는 형을 버릴 수 없다.

그로부터 3개월쯤 지난 일요일이었다. 비디오 대여점의 일을 마치고 심야에 집에 돌아갔나. 형은 자고 있을 것이라고 생각해서 현관문을 열쇠로 열고 들어가다가 깜짝 놀랐다.

형이 현관에 서 있었다. 카즈시는 놀란 호흡을 가다듬었다.

"놀랐잖아."

"네가 도와주러 가는 집 아줌마, 부자라며?"

숨을 삼켰다. 처음 일하기 시작할 무렵 재밌는 이야기처럼 형에게 말했었다.

"그렇게 부자는 아니야. 집에서 서예 교실을 운영하지만, 많이 벌지는 못하겠지."

"그래도 엄청 큰 저택이잖아. 자산만 해도 1억 엔이 넘을 테니까."

집까지 알고 있다는 사실에 소름이 끼쳤다. 카즈시의 뒤를 밟았나? 아니면 다른 수단으로 조사를 했나?

"그런 건 몰라."

만약 그렇다고 해도 집을 팔기는 쉽지 않았다. 고정 자산세만 발생할 뿐.

"야. 그 아줌마 집에 없는 시간, 알고 있지?"

"거의 집에만 계셔. 개 산책도 언제 나가는지 모르고. 장도 집에서 봐서 택배로 받아."

그렇게 말하고, 덧붙였다.

"엄청 큰 개가 있어. 나도 무서워."

거짓말이었다. 메이는 착하고 얌전한 개였다. 그러나 겁을 주면 형도 쓸데없는 생각은 못 하리라 믿었다.

"여행 같은 거 가겠지. 온천이나."

"싫대. 여행…"

그렇게 말하자 타츠야는 혀를 찼다. 형은 그 이상 아무것도 묻지 않았다. 바보 같은 생각을 얼른 포기하면 좋겠는데, 눈빛이 이상하게 빛나고 있어서 소름이 끼쳤다.

며칠 후였다. 가나코 집에서 종이상자를 밟아 정리하고 있을 때 그녀가 말을 걸어왔다.

"오카다 군. 이런 게 배송됐는데, 알고 있어?"

건넨 것은 타이핑된 편지였다.

'*홈센터 다치바나 여름 캠페인, 1등 온천여행에 당첨되셨습니다.*'

편지에 적혀 있는 날짜는 다음 주 토요일이었다. 그 홈센터를 통해 미네랄워터와 펫시트 등을 배송시키고 있었다. 편지를 본 순간 안 좋은 예감이 들었다. 형이 보낸 건 아닐까. 정말 캠페인이라면 날짜를 지정하지는 않을 것이다. 몸이 떨려와서 아무 말도 할 수 없었다.

"글쎄요. 모르겠어요."

"온천여행이라…"

가나코가 고개를 갸우뚱하며 중얼거렸다.

"모처럼 휴식으로 다녀오시는 건 어떠세요? 메이 산책과 밥은 제가 챙길게요."

"그건 미안해서 안 되지. 메이는 수의사에게 맡기면 돼."

말해야만 한다. 그렇게 생각하면서도 왜 그런지 입이 떨어지지 않았다. 형이라는 증거도 없잖은가. 정말로 캠페인에 당첨됐는지도 모른다.

다만 더는 입을 열 수가 없었던 가장 큰 이유는 가나코를 보며 마음에 소요가 일까 두려워서였다.

집에 둔 현금과 환전할 수 있는 것을 조금 훔쳤다고 해서 가나코가 길거리로 내몰리는 일은 없을 터였다. 형이 빚에 쫓겨 궁지에 몰린 건 명백한 사실이었다. 마음속 누군가가 말했다.

속는 쪽이 나쁜 거라고.

베트남 게스트하우스에서 베트남 여자와 함께 술을 마시러 갔다가 여권과 현금을 몽땅 털린 일본인 남자가 있었다. 모두 동정하는 듯 말은 건넸지만, 냉랭한 분위기였다. 바보 같았던 것은 그 남자다. 그러니 결과에 대한 책임도 그가 질 수밖에 없다. 카즈시는 가나코에게 등을 돌렸다.

형에게는 아무것도 말하지 않았다. 그러나 그 온천여행 날, 비디오 대여점 아르바이트를 쉬기로 했다. 카즈시는 방에서 자고 있었나. 지녁 무렵에 돌아온 형은 의문스럽다는 표정을 지었다. 카즈시는 토요일에 언제나 아르바이트를 나갔었다.

"아르바이트 안 가?"

"열이 좀 있어."

그렇게 거짓말을 하고는 이불을 넓었다. 헝은 '으음.' 하며 콧소리를 낼 뿐이었다. 이대로 형이 계속 집에 머문다면 안심이다. 형에게 동지가 있을 가능성도 배제할 수 없지만, 범행을 한다면 실행범으로 가담할 터였다. 형은 그저 집에 머물며 지시만 내릴 사람이 아니었다.

지나친 상상이길 바랐다. 가나코는 정말로 온천여행에 당첨되었을 뿐이다. 혹은 그녀가 빈집털이를 당한다고 해도 형이 관여하지 않았다면, 그걸로 상관없다. 어느 쪽이라고 해도 온천에가 있는 가나코가 위험할 일은 없으니까.

밤 12시를 넘길 무렵, 형의 방문이 열렸다. 형은 그대로 집을 나갔다. 심장이 멎는 것 같았다. 눈을 감고 가슴의 동요를 달랬다. 이대로 잠들고 싶었다. 아무것도 생각하지 않고 아무것도 모르는 척, 누구의 편도 들지 않고 누구의 적도 되기 싫었다.

심장 소리만 요란하게 컸다. 대학을 졸업하면 가나코와 만날 일은 없을 것이다. 지금도 특별한 감정이 없다. 좋은 사람이라고 생각하지만, 그뿐이다. 그런데 아무래도 잠들 수가 없었다.

카즈시는 벌떡 일어났다. 핸드폰을 열어 가나코 집 근처의 파출소 전화번호를 검색했다. 전화를 걸었다. '스가 씨의 집'이라고 하니 전화를 받은 경관도 알고 있었다. 차분하게 설명했다.

"스가 씨의 집을 도와주고 있는 사람인데, 얼마 전 온천여행에 당첨되었다는 편지가 왔습니다. 일정이 오늘이에요. 그런데 곰곰이 생각해 보니 경품이라면 일정을 멋대로 정해서 주지는 않잖아요. 어쩌면, 빈집털이의 수법이 아닐까 의심스러워서⋯."

"그럼, 지금 근처로 가보겠습니다. 스가 씨 휴대폰 번호가?"

"갖고 계시지 않아요."

거의 집 밖으로 나오지 않는 사람이었다. 휴대폰 같은 거 필요하지 않았다. 전화를 끊고, 크게 숨을 내쉬었다. 괜한 의심이라고 해도 좋다. 형이 전혀 상관이 없어도⋯.

이거라면 처음부터 의심한 것도 들키지 않을 터였다. 안도한 탓인가, 졸음이 몰려왔다.

경찰에게 전화가 걸려온 것은 다음 날 아침이었다. 형과 그 친구가 체포되었다는 연락이었다. 가나코의 집 담을 기어 올라가려는 것을 경찰이 발견했고, 도망가던 중 그들이 경관을 때리다 체포되었다.

그 말을 들었을 때 카즈시는 고개를 숙였다. 역시, 하는 마음과 형에게 배신당했다는 기분에 마음이 복잡했다. 정작 놀란 것은 따로 있었다. 가나코는 집에 있었다. 온천에 가지 않았다.

며칠 동안은 가나코에게 연락할 여유도 없었다. 부모님이 헐레벌떡 달려와서 경찰에게 이야기를 듣고는 변호사와 상담하느라 난리가 났다. 카즈시는 우는 엄마를 달래는 게 고작이었다. 카즈시도 조서를 쓰고 취조를 받았다.

역시 부모님은 타츠야의 빚에 대해서는 전혀 모르고 있었다. 대학을 그만둔 사실도 몰랐고, 카즈시까지 말하지 않았다는 것에 더 화를 냈다. 그냥 지나가다가 뺨 맞은 꼴이었다.

경찰이 집으로 와서 형의 컴퓨터와 프린터를 가져갔다. 가나코의 집에 도착한 편지는 형의 프린터에서 인쇄된 것이었다. 그것으로 계획 범행임이 입증되었다.

그로부터 닷새쯤 지났을 때 카즈시는 가나코의 집을 방문했다. 언제나처럼 문을 열고 냄새를 맡았다. 어딘가 그리운, 오래된 집의 냄새. 아마도 다시 맡을 일은 없겠지.

"안녕하세요. 오카다예요."

인사를 하니 가나코가 안에서 나왔다.

"어머, 오늘 오기로 약속한 날이었나?"

"아니에요. 형 일을 사과드리려고 왔습니다."

가나코는 언제나처럼 상냥하게 미소지었다.

"잘됐네요. 차 내렸으니까 함께 마셔요."

일본식 방에 놓인, 고블랭 직물 소파에 앉았다. 가나코는 유리 포트와 유리잔을 가져왔다. 포트 안에는 얼마 전 카즈시가 베트남에서 사 온 꽃차가 예쁘게 피어 있었다.

그 모양을 본 순간 자기도 모르게 울고 싶어졌다. 가나코가 카즈시에게 화를 내지 않는다는 것은 그것만으로 알 수 있었다. 빈집털이가 카즈시의 형이라는 사실도 이미 알고 있을 텐데.

카즈시는 떨리는 목소리로 고개를 숙였다.

"정말로 죄송합니다."

"오카다 군은 나쁘지 않아. 경찰에 알려줬다죠."

경찰에게 알려준 것이, 결과적으로 카즈시를 지키는 일이 되었다. 형은 경찰에서 카즈시도 공범이라고 거짓말을 했다. 경찰의 심문에는 정직하게 대답했다. 편지를 본 순간 형이 떠올랐지만 의심하고 싶지 않은 마음이 커서 모르는 척했다고, 그러나 형이 집을 나선 후 못내 불안해져서 경찰에 전화를 걸었다고.

말하지 않았던 것은 마음의 동요에 대한 것뿐이었다. 다만 그 마음의 동요를 가나코에게 들켰다는 느낌이 들었다. 감정의 거짓말은 절대 들키지 않는다고 생각했다. 그 확신도 이제는 유지

할 수가 없게 되었다.

작은 유리잔에 꽃차가 따라졌다. 가나코는 미소를 지었다.

"이 유리잔, 새로 산 거야. 오카다 군이 사다 준 꽃차는 이렇게 해야 제대로 즐길 수 있으니까."

입술을 깨물었다. 울지 않으려고 애를 썼다.

"괜찮아. 실제로 아무것도 훔쳐가지 않았고, 누구도 다치지 않았잖아요."

순간 알았다. 항상 가나코 뒤에 서 있던 메이가 안 보였다.

"메이는 어디 갔나요?"

가나코는 슬프게 웃었다.

"남동생 집으로 갔어요. 나 혼자서는 돌보기 힘들어서, 동생에게 부탁했어."

"그랬군요…."

가나코는 유리잔을 입으로 가져갔다.

"곧 말하려고 했는데 딱 잘 됐어. 지금까지 정말 고마웠어요. 신세를 많이 졌어."

당연하다. 빈집털이범의 가족에게 집안일을 부탁할 수는 없는 일이었다.

"저야말로, 신세 많이 졌습니다."

"오해하지 말아요. 형이 그런 일을 해서가 아니야. 이 집을 팔기로 했거든."

놀라서 얼굴을 들었다.

"나 말이야, 입원해야 해서. 어쩌면 돌아올 수 없을지 몰라서 그때까지 신변정리를 하고 싶었어. 이 집은 좋아하지만, 집만 남아도 주변 사람들에게 민폐가 되잖아요. 동생도 상속세를 낼 수 없으니까, 팔아서 현금으로 만들어 주는 편이 고맙다고 하고요."

집을 파는 것은 카즈시와는 상관없었다. 그러나 입원이라니.

"어디 아프신 거예요?"

"5년 전에 위암 판정을 받았어. 그때 수술해서 괜찮아졌다고 생각했는데, 재발한 모양이야."

숨을 삼켰다. 할 말을 찾지 못한 채 가나코를 응시했다.

"전이도 보인다는 것 같아요. 수술할지 말지 계속 고민했어. 아이가 있는 것도 아니고, 조용히 이 집에서 하고 싶은 걸 하면서 죽어가는 것도 괜찮지 않을까 생각했는데…, 어쨌든 암과 싸워 보기로 했어요."

그래서 가나코는 온천여행을 가지 않았던 걸까. 간편한 위로의 말은 얼마든지 생각났다. 그러나 그것을 입 밖으로 꺼내고 싶지 않았다.

가나코는 장난스럽게 웃었다.

"어떤 의미로는 휴가나 여행 같지 않아요? 집에서 떨어져서 멀리 가는 것이 여행이라면 입원도 같은 거 아닐까. 즐겁고 우아한 것만 여행은 아니라고, 오카다 군이 알려 줬잖아."

맞다. 딱딱한 침대차에 흔들리면서, 속으면서, 벌레에 물리기도 하는 여행도 있다. 마음을 격하게 흔들면서, 멀리까지 데려가는 것도 여행이다. 자기도 모르게 눈물이 흘렀다. 가나코는 곤란한 표정을 지었다.

"미안해. 슬프게 만들 생각은 없었는데."

"그렇다면, 돌아와 주세요. 건강해져서."

"그럴게. 힘낼게요."

지나치던 가게에서 파란색 캐리어를 산 것은, 그 아름다운 청색을 가나코가 좋아할 것 같아서였다. 그것을 가지고 다시 가나코 집을 방문했다. 가나코 집의 물건은 대부분 치워져 있었다. 앞으로 지낼 곳에서 필요한 것만 남기고. 입원과 퇴원을 반복하면서 투병 생활을 할 것이라고 했다. 캐리어를 보여주니 가나코의 눈이 동그래졌다.

"입원할 때 이것저것 가져가지 않으면 안 되니까, 이거를 사용해 주세요. 그리고 건강해지면 이 캐리어를 끌고, 여기저기 돌아다니세요."

억지로 떠넘기는 느낌도 없잖았다. 가나코는 받아 든 캐리어를 손으로 쓰다듬었다.

"고마워. 소중하게 생각할게요."

고급품은 아니지만 잘 만들어졌고 튼튼해 보였다. 안쪽 주머니에는 작은 메모도 숨겨놨다. 그녀가 알게 될지 어떨지는 모르지만, 발견했을 때 살짝이라도 웃어 줄 수 있다면 좋겠다.

"언젠가 이 캐리어에 선물을 가득 담아서 돌아오고 싶네."

가나코의 말에 카즈시는 고개를 끄덕였다. 반드시 그렇게 되기를 빌면서….

　수화물이 흘러나오는 벨트 앞에는 이미 많은 사람이 몰려 있었다. 팔에 안긴 싱고는 새근새근 소리 내며 잠들었다. 비행기 안에서도 좀 자주면 좋았을 텐데…. 카즈시는 싱고를 보며 웃었다.

　어쩔 수 없다. 아이는 언제나 마음대로 되지 않는다. 아키가 수화물 싣는 카트를 가져 왔다. 벨트에 가까이 다가가려고 하길래 카즈시가 말렸다.

　"아마도, 좀 더 기다려야 나올 거야."

　"그래?"

　"비즈니스석 짐이 먼저 나오니까."

　카즈시 가족이 탄 것은 이코노미석이었으니까, 짐이 나오려면 좀 더 시간이 걸린다. 카트에 매달리면서 아키가 말했다.

　"있잖아. 캐리어 택배로 보내고 싶어."

　괌에서부터 고작 3시간 반인데, 싱고가 잠들지 않아서 피곤했던 모양이다.

　"그래, 그럼 보내자."

　"얏호!"

　아키는 두 손을 들어 만세를 불렀다. 연말 3박 4일의 짧은 휴가. 싱고가 태어나고 떠나는 첫 해외여행이었다. 두 살까지는 다리 위에 올려 안고 타면 되므로 싱고의 항공권은 따로 필요 없다.

그러니 세 살이 되기 전에 한번 떠나자고 아키와 논의해서 결정했다. 물론 작은 아이를 데려가는 여행은 혼자나 둘이서 떠나는 여행과는 전혀 다르지만, 그럼에도 좋은 추억이었다. 싱고는 기억하지 못하겠지만.

벨트 위에 수화물들이 늘어나기 시작했다. 카즈시는 짐이 나오는 출구를 응시했다. 그러다 건너편 수하물 벨트 쪽에 있는 한 여성에게 눈이 멈췄다.

40대 혹은 50대 초반? 안경을 쓰고, 심플한 검정 옷을 입은 여성이 캐리어를 찾아 빠르게 걸어가고 있었다. 그녀가 끌고 가는 것은, 파란 가죽 캐리어였다.

가나코를 떠올렸다. 그 이후 가나코를 만나지 못했고, 그녀가 어떻게 되었는지 알지 못한다. 벌써 7년쯤 지났을까.

자신이 가나코에게 선물한 캐리어와 닮았다고 생각했다. 여기저기 상처투성이에다 항공회사 스티커도 많이 붙어 있어서 인상은 전혀 달랐지만….

세관신고 출구 쪽으로 걸어가는 그 여성을 카즈시는 한동안 바라다보았다. 전혀 알지 못하는 사람, 아마 한 번 더 만나도 모를 것이다.

그런에도 카즈시는 몹시 궁금해졌다. 저 캐리어는 어떤 선물로 가득 차 있을까….

- The End

옮긴이 **윤선해**

번역가이자 커피 관련 일을 하는 기업인이다. 일본에서 경영학과 국제관계학을 공부한 뒤 한국으로 돌아와 에너지업계에 잠시 머물렀다.

일본에서 유학할 당시 대학 전공보다 커피교실을 열심히 찾아다니며 커피의 매력에 푹 빠져 지냈기 때문에, 일본에서 커피를 전공했다고 생각하는 지인들이 많을 정도다.

그동안 일본 커피 문화를 소개하는 책들을 주로 번역해왔다. 옮긴 책으로《오늘부터 제가 사장입니다》《종종 여행 떠나는 카페》《호텔 피베리》《새로운 커피교과서》《도쿄의 맛있는 커피집》《커피 스터디》《향의 과학》《커피집》《커피 과학》《커피 세계사》《카페를 100년간 이어가기 위해》《스페셜티커피 테이스팅》이 있다.

현재 후지로얄코리아 대표 및 로스팅 커피하우스 'Y'RO coffee' 대표를 맡고 있다.

캐리어의 절반은

첫판 1쇄 펴낸날 2024년 8월 20일

지은이 | 곤도 후미에
옮긴이 | 윤선해
펴낸이 | 지평님
본문 조판 | 성인기획 (010)2569-9616
종이 공급 | 화인페이퍼 (02)338-2074
인쇄 | 중앙P&L (031)904-3600
제본 | 명지프린팅 (031)942-6006

펴낸곳 | 황소자리 출판사
출판등록 | 2003년 7월 4일 제2003-123호
대표전화 | (02)720-7542 팩시밀리 | (02)723-5467
E-mail | candide1968@hanmail.net

ⓒ 황소자리, 2024

ISBN 979-11-91290-37-0 03830